LA MORT
DE
PIERROT

DU MÊME AUTEUR

Lettres d'un amant (4e édition), psychologie,
avec préface d'Alexandre Dumas fils.

Sous presse :

Maurice Petit, roman.

Pour paraître prochainement :

Affres d'adultère, psychologie.

Plumitifs, barbouilleurs et cabots, 1re série.

Le carnet d'un papa, 1 vol. illustré.

Au village, 1 vol. illustré.

Instantanés, 1 plaquette illustrée

MAURICE GUILLEMOT

La Mort de Pierrot

DENTU
ÉDITEUR
PARIS

LA MORT
DE
PIERROT

PAR

MAURICE GUILLEMOT

EN TÊTE DE J. CHÉRET

ILLUSTRATIONS DE BADUFLE, BALLAVOINE, BÉTHUNE, CLAIRIN, DETAILLE,
DUBUFE, GEOFFROY, GRENIER, DE HAENEN, HEILBUTH,
HENNER, JEANNIOT, J. P. LAURENS, MARS, PUVIS DE CHAVANNES,
RANFT, ROCHEGROSSE, ROLL, WILLETTE,

PARIS
E. DENTU, ÉDITEUR
LIBRAIRE DE LA SOCIÉTÉ DES GENS DE LETTRES
3, PLACE VALOIS, PALAIS-ROYAL

1889

A

MA SŒUR

A MA SŒUR

..... (Le livre allait paraître,)
Madame Petit allait mourir.

Ainsi ces deux événements arrivaient ensemble, joie et douleur mêlées sinistrement, joie la plus grande pour l'artiste, atteignant le but rêvé, douleur la plus grande pour le fils, sentant disparaître d'auprès de lui l'être aimé à qui il doit le jour, qui l'a entouré pendant vingt ans de son affection et de sa tendresse : et ces deux sentiments divers torturaient l'âme de Maurice de leur contraste ironique; ses yeux brillants d'une fierté d'amour propre d'artiste se remplissaient tout à coup de larmes s'il songeait à un avenir plus intime, plus près de lui, à son isolement prochain, au vide immense qui se creusait auprès de lui; et dans sa pensée, il avançait la marche des heures, il voyait ce qui allait être.

Ayant inévitablement la certitude de cette chose terrible, la mort d'une mère, il pleurait déjà l'adorée comme si le dernier soupir se fut échappé de sa poitrine : il savait le mal inguérissable, une affaire de temps seulement, la fin calme tout de suite, ou bien le prolongement pénible, la lutte contre la mort, l'agonie peut-être... et ce mot lui sonnait lugubre à l'oreille, évoquant des visions de souffrances horribles, lui montrant des moribonds tous les membres crispés, les yeux démesurément ouverts, les paupières clignotantes, les cheveux dressés comme des démoniaques se débattant sur leur lit de douleur, les os craquant dans des gestes de tortionnaires, une écume blanche gouttant des lèvres avec des lambeaux de phrases inconscientes ou des rugissements de bêtes fauves!

— A boire!

Entendant cette plainte, cette demande, Maurice sortait de sa rêverie pour rentrer dans la réalité, plus triste encore : sa mère n'ouvrait presque plus les yeux ni la bouche, l'enfant alors trempait dans de l'eau sucrée une petite éponge qu'il présentait aux lèvres de la malade : elle, râlant, épuisée, la gorge comprimée par l'étouffement, serrait fébrilement cette éponge mouillée que lui tenait son fils. Puis, quand un flot de sang remontait, déterminant une toux horrible, Maurice se levait pour appuyer la malade contre lui, soutenir la tête et le corps, si faibles maintenant...

Pendant huit jours, les huit derniers, Maurice, assis dans un fauteuil auprès du lit, n'eut de répit à l'obsession de ses pensées qu'en ces quelques soins à donner, soulageant la moribonde s'ils ne la pouvaient sauver !

Le livre allait paraître,

Madame Petit allait mourir.

Le livre! le livre!

Son premier, cette œuvre caressée ardemment dans les longues heures de travail passionné, ces feuillets couverts de son griffonnage qu'il avait conservés si précieusement, qu'il avait relus si souvent.

Le livre allait paraître : déjà même, au chevet de la malade, Maurice Petit avait corrigé ses premières épreuves, et c'était profondément triste, cette petite table couverte de fioles de pharmacie, de verres, de bouteilles,

sur laquelle l'auteur prenait un coin pour mettre son encrier, sa plume, et les feuilles d'impression; tandis que dans le silence de la chambre, montait la respiration haletante de la mère, sifflait péniblement sa poitrine oppressée, le fils penché, attentif, était obligé de lire, de corriger toutes ces poésies de jadis, radieux tableau d'une enfance heureuse, hélas! dès lors souvenir endeuillé.

— A boire!

Et, comme le refrain tragique du chœur dans une pièce ancienne, la plainte glapissait, monotone, plus faible de jour en jour, à peine proférée, se devinant plutôt que s'entendant :

— A boire!

Et, dans ce râlement affreux, on sentait la souffrance endurée, la torture de l'air qui manque, du sang qui afflue au gosier et étouffe; Maurice alors quittait son travail pour mouiller la petite éponge et la présenter aux lèvres de la malade, puis, quand elle reposait, soulagée un peu, il reprenait sa plume, poursuivant la lecture de son œuvre...

Le livre allait paraître, et madame Petit le savait : sans que son enfant s'en aperçut ni s'en doutât elle avait écouté, elle avait vu aussi sur la petite table, à côté des médicaments, les feuillets corrigés, et elle attendait, anxieuse : la chère ne voulait pas, non, ne voulait pas s'en aller avant d'avoir été témoin de la joie de son enfant, avant d'avoir tenu dans ses mains ce volume où serait le nom de son fils.

..... Un soir, une toux plus forte que d'habitude commença, déchirant la poitrine de la moribonde, lui arrachant les poumons, lui emplissant la bouche de caillots de sang noirâtres : comme un soufflet puissant, tout le corps maigre haletait, la peau plaquée aux os; dès le premier accès, Maurice avait relevé la malade, passant son bras derrière le dos pour lui tenir le buste droit; et, serré ainsi contre elle, il sentait faiblir le va et vient de la respiration; le médecin avait condamné depuis long-

temps, et se rappelant ses paroles, l'enfant comprit que c'était la fin : une fin presque douce, calme; une fois la toux passée, une arrivée lente au terme inévitable, un délaissement progressif de ce corps par la Vie...

La respiration, de plus en plus courte, s'affaiblissait toujours : dans le calme de la chambre où s'entendait à peine ce souffle expirant au bord des lèvres, quelqu'un entra; le bruit fit sursauter madame Petit, lui rouvrant les paupières, lui mettant dans les yeux déjà ternis par les affres de la mort une interrogation muette?

« Tiens, maman, tu vois bien, c'est moi qui suis là, tu me reconnais bien, c'est ton Maurice, et puis, c'est mon livre, tu sais, mon ouvrage... », et, comme on parle à un enfant, Maurice Petit parlait à sa mère, avec une douceur cherchée de langage, une affectation de mots tendres, et sous cette caresse madame Petit, une minute ranimée par un dernier éclair de vie, laissait son regard mou et faible reposer sur l'enfant qui plaçait près d'elle, sur son lit, un livre.

Dans sa volonté énergique, la malade retrouvait un semblant de force, étendait le bras pour saisir le volume, le tenait serré dans sa main, les yeux fixés sur le titre, puis laissait aller sa tête lasse sur l'oreiller, dans le contentement d'une joie attendue et acquise, dans le calme d'une espérance satisfaite.

Sur ce spectacle qui avait réjoui son âme, ses paupières s'étaient closes : un faible mouvement agitait encore sa poitrine, ses doigts maigres, crispés, s'attachaient

au livre, et comme un bon sourire heureux mettait un pli au coin de ses lèvres appâlies.

Maurice Petit immobile dans l'attente du dernier souffle, soutenait le corps déjà froidissant de sa mère : tout d'un coup, la chemise de batiste sur laquelle il suivait les mouvements de la poitrine ne bougea plus... il se pencha, mettant son oreille à la place du cœur, rien! il ferma la bouche encore entrouverte du soupir suprême, les doigts détendus, sans force, s'ouvrirent, et de la couche abandonnée le livre sur le tapis, tomba .. »

De l'incomparable douleur qui lancine et meurtrit, pardonne-moi de livrer au public en ces pages la vérité nue, mais je voulais, ma sœur, que l'ensevelie eût quelque chose d'elle ici-même, — souvenir qui ne s'efface sous les pleurs !

A toi je dédie ce volume, à toi qui fus ma seconde mère lorsque j'étais petit, — lorsque j'étais bébé !

M. G.

IMPRESSIONS

DE VOYAGE

VENISE

(1885-1887)

A Gaston Béthune.

I

Dans le ciel d'un bleu absolument pur, brille la lune pâle qui éclaire d'un reflet blafard les dentelures merveilleuses du palais des Doges; sur la place Saint-Marc, des réverbères piquent l'ombre de leurs étoiles de feu, tandis qu'au centre, sur une estrade, un orchestre jette dans l'air des refrains sautillants de danse, comme des czardas entraînantes; dominant le tout, le Campanile dresse sa flèche élancée d'où les heures s'envolent sonores, battues par le gardien sur les colossales cloches de bronze.

La mer, de par delà les quais remplis de monde, montre son étendue plane sillonnée d'embarcations, et, sur l'eau, glisse notre gondole avec son rameur debout, détachant sa silhouette élégamment.

Le silence de la nuit est troublé seulement par des chants lointains, des voix d'hommes dont des guitares accompagnent les accords mélodieux en une barque décorée de lanternes, là-bas, sur le Grand Canal.

..... La nuit s'avance, tous les bruits cessent, les lumières s'éteignent, l'île de S-Giorgio-Maggore est muette, les casernes vides de rumeurs, leurs grands bâtiments sévères pleins d'ombre ; entre les pilotis qui paraissent, au-dessus de la nappe claire dans les lagunes, des dressements soudains de fantômes noirs, notre gondole va, plissant à peine l'eau, avec un murmure très doux à son entour de vaguelettes d'argent qui scintillent sous la lueur de la lune ; çà et là parfois, d'autres gondoles passent, attardées, qu'on devine de loin à leurs petites lanternes suspendues au fer de la proue et qui, minuscules lumières, semblent des vers luisants. La ville se profile à l'horizon qu'elle découpe de clochetons, de dômes, de flèches, en une ligne sombre gracieusement contournée que barre au premier plan, tout près de nous, une haute cheminée d'usine.

De grands steamers de l'Adriatique, monstres à l'ancre, dorment, dans l'ombre desquels nous nous ensevelissons un instant ; des bouées fichées d'un drapeau se balancent, grinçant sur leurs chaînes aux anneaux énormes enrubannés d'algues.

Par places blanchâtres, le sol presque à fleur d'eau apparaît, les bancs de sable tigrant l'étendue de taches pâles multiples...

II

...On n'entend que le bruit de la rame qui frappe l'eau toujours d'une même et douce façon, puis, au tournant des canaux qui se croisent, les appels du poppe : « *già è— premè — stali* » ; la gondole est secouée d'un mouvement lancinant et berceur, elle glisse comme un cygne sur les flots presque noirs dans l'ombre des maisons se dressant de chaque côté ; au passage un remous d'eau se produit contre les marches des palais et entre les gondoles amarrées, longs cercueils sombres énigmatiques, bossués en leur milieu de la felze aux draperies retombantes.

Par instant, parmi les enchevêtrements de sculptures, une fenêtre apparaît encore éclairée, la lumière filtrant aux lamelles d'une jalousie, ou bien sur les calli du bord passent des silhouettes de femmes, avec la cape sur les épaules, mais on n'entend point leurs pas, il semble qu'on parcourt une ville de Rêve.

Une cité endormie depuis des siècles et qui le restera toujours.

C'est la solitude, le calme infini, et les monuments qui se dressent, les statues qui apparaissent, les clochetons ajourés qui se détaillent sur le ciel, tout cela a le joli d'un décor de théâtre, d'une mise en scène de féerie géniale, acquiert de son élégance et de son art la magique irréalité d'une Vision.....

III

.....Sur l'éclatance virginale des dalles de marbre aux guillochures minuscules, sur les rampes ciselées de l'escalier des Géants, sur les balcons des loggia circulaires, la pluie tombe par rafales avec un bruit crépitant, monotone; dans la buée de l'orage qui crève, apparaissent au-dessus des toits du palais des Doges, les coupoles byzantines toutes dorées de Saint-Marc; dans la cour, groupés en curieux autour des margelles des citernes de bronze, des touristes anglais mettent le modernisme hétéroclite de leurs complets à carreaux et de leurs parapluies, d'où l'averse tressaute; on regarde le ciel avec anxiété, le rêve de Venise troublé par ce temps qui évoque les boues sales de Paris, les barbottages dans les macadams ; et une tristesse vous envahit qu'endort peu à peu de son bercement la gondole, hélée au passage, qui vous emmène ; la vue entre les étroits carreaux de la felze saisit l'arc gracieux du Pont des Soupirs, la masse lourde de celui du Rialto et devant les palais qui se succèdent, les étranges groupes des pali peints de couleurs diverses, comme entourés de banderoles de mirlitons.

La pluie qui ne décesse mêle son clapotement au très doux bruit de la rame du poppe ; un bateau à vapeur du Grand Canal passe, agitant l'eau un instant, le décor s'estompe sous les raies de l'averse, et — c'est un très curieux aspect de la cité féerique, celui vu par cet horrible temps que dissipera demain le chaud soleil d'Italie.....

P. S. PARIS, décembre 1888.

..... Dans le brouillard embuant les vitres et voilant la perspective des avenues, le piéton boueux patauge, se crotte, garé avec peine des omnibus qui roulent, des tramways qui cornent, des fiacres qui sacrent, des rosses qui éclaboussent, des badauds qui musent, et, l'on songe du lointain, de contrée soleilleuse, d'Italie embaumante, l'on revoit tout là-bas la ville silencieuse, comme endormie, la cité Thébaïde, l'oasis désirée vers laquelle les hasards d'un voyage de touriste vous ont conduit, où l'on est retourné, où l'on voudrait revivre encore, — toujours.

Aucune rumeur, aucun heurt, nulle surprise, une existence uniforme glissant à l'instar des gondoles, sur une onde noire, calme, d'un passé terrible de drame, d'une déchéance exsangue de morte, d'un inédit troublant de vision spéciale.

Dans le kaléidoscope du souvenir réapparaissent un instant le port tumultueux de Gênes, le dôme de Milan, les arènes de Vérone, toutes les gravures des guides, tous les clous des Bædeker, mais Venise c'est l'obsession, la hantise, c'est le Paradis ambitionné, la retraite que devrait vous mériter la vie lassante, écœurante, ennuagée de tracas et de soucis, la vie tachée de traîtrises, d'abandonnements, de désillusions, d'amitiés fausses, la vie que l'égoïste amoureux enlumine d'une âme-sœur, dore d'un bébé blond, réalités charmeresses qu'on voudrait emporter là-bas dans le décor solitaire et silencieux de la ville de Rêve où les hasards d'un voyage de touriste vous ont conduit, où l'on est retourné, où l'on voudrait être toujours, toujours !

LE CHEVRIER

LE CHEVRIER

A Ed. Detaille.

C'est toute une délicieuse échappée de poésie au milieu du bruissement de la foule parisienne.

Sur le boulevard, animé à cette heure du milieu de la journée par l'activité fiévreuse des affaires, le va-et-vient continuel des voitures et des passants, il marche, tranquille, rêveur, conduisant ses bêtes.

Le béret sur la tête, le fouet à la main et, sur le visage, une expression douce et profondément mélancolique, ne se laissant pas distraire de ses pensées par le tableau qui l'entoure, il conduit son troupeau, un joli troupeau de petites chèvres noires, trottinant les unes à côté des autres, leur pas accompagné du tintement des clochettes pendues à leur cou ; leurs yeux intelligents errent çà et là, le regard bon, nuancé d'une amusante expression de crainte et d'effarouchement : on sent qu'elles sont un peu peureuses dans la nouveauté du site, on devine qu'elles regrettent leur montagne odorante d'herbes parfumées, laissée là-bas, bien loin, tout là-bas.

Le « *pastre* » porte, pendue à sa blouse, la « *chioulette* », morceau de buis plat et percé de trous sur lesquels on promène ses lèvres comme sur une flûte de Pan ; à sa ceinture, est attaché par un bout de ficelle, un petit gobelet de fer blanc qui lui sert de mesure pour vendre le lait de ses chèvres ; elles, le pis gonflé et ballant, elles vont, serrées en troupe, se ralliant au son aigu de la « chioulette » : les chiens, (presque inutiles, tant les bonnes bêtes sont calmes et obéissantes), paraissent un accessoire mis là pour parfaire le tableau : d'une race de montagne, ils ont le museau fin allongé, le poil long et lisse, la robe d'un ton roux.

Et tout ce petit monde qui semble une toile de Charles Jacque passant tout à coup devant les yeux, s'en va par les rues et les boulevards, à travers voitures et tramways, faisant éclater soudainement dans l'atmosphère grise et lourde de la grande ville une note exquise d'évocation champêtre.

La pauvre femme malade dont les forces défaillent, le vieillard qui se soutient à peine, l'enfant que sa mère ne peut nourrir, attendent avec anxiété les jolies visiteuses; on les aperçoit du bout de la rue : « les voilà ! »

Ce sont elles, les bonnes nourricières, et alors, la femme, le vieillard et l'enfant, ces trois pauvres êtres également faibles se réconfortent du lait blanc et chaud que le chevrier trait à leur porte.

Parfois il faut servir la pratique en plein milieu du trottoir; c'est une ouvrière, la mine chiffonnée, les cheveux embroussaillés sur le front, le corsage baillant un peu sur la gorge, la robe retroussée coquettement d'un côté ; elle accourt, un bol à la main, toute rougissante de contentement, demander pour « deux sous de lait », et le « pastre » s'arrête, s'agenouille sur l'asphalte, et, dans un gobelet de métal, trait la chèvre la plus rapprochée de lui, le beau liquide d'une teinte d'opale moussant entre ses doigts.

La tournée est finie.

Le soleil a déjà décliné sur l'horizon, et l'ombre qui tombe des toits envahit la chaussée : une teinte molle de crépuscule s'épand partout, noyant les fonds, estompant les lointains; les chèvres sont aux portes de Paris, dans un chemin de sable fin que bordent de chaque côté des tertres gazonnés; quelques fleurs éclatent çà et là en notes lumineuses; des animaux, le mufle baissé vers le sol, les mâchoires claquant sont au pâcage ; on entend encore, mais bien loin, comme une vague rumeur de la grande ville, et par-dessus les murs d'enceinte, on distingue, découpant leurs silhouettes dans la brume, les habitations des hommes.

Le troupeau fait halte, et tandis que les chèvres arrachent quelques brindilles, mâchonnent des touffes d'herbes, le pastour, étendu sur le gazon, son chien auprès de lui, sifflotte doucement sur sa « chioulette » les vieux airs de son pays ; dans l'air calme, la modulation criarde monte, rendue plus sonore et plus vibrante par la solitude de cet endroit retiré ; à entendre cette musique étrange, on croirait être au fond du Béarn, en pleine nature.

Pour se coucher, il a une cahute de bois, une sorte de maison roulante comme en ont nos bergers quand en été les moutons restent dehors la nuit, pendant les mois de juillet et d'août ; il n'y a pas de verrou à la porte, il ne craint pas qu'on vienne le dévaliser, il n'a que ses bêtes, et les chiens veillent, l'oreille dressée, l'œil au guet, les dents prêtes. Il s'endort, enveloppé dans sa grande houppelande limousine, en toile bise, à rayures foncées ; il se couvre la tête d'une large étoffe, qu'il roule en forme de marmotte, et sa « chioulette » accrochée au-dessus de lui, ses sabots mis dans un coin, il ronfle lourdement jusqu'au lendemain.

JOUR

DE BONHEUR

JOUR DE BONHEUR

A Félicien Champsaur.

... Dans la clarté du soleil qui filtrait au travers des vitraux, les cierges scintillaient au-dessus de l'autel aux ors éclatants ; sur la foule des invités les grandes orgues épandaient de douces mélodies auxquelles tout à coup une voix d'homme vint se mêler, modulant l'*Ave Maria* de Gounod, et dans ce décor de fleurs et de musique, de lumière et de chants, tous les regards allaient là-bas, au maître-autel, où, en un nuage de mousseline blanche, comme perdue dans un envolement de candeurs, était la jeune fille, bientôt jeune femme, élancée, jolie, le visage aux grands yeux bordés de longs cils, surmonté des cheveux blonds qu'enserre le voile.

A côté d'elle, toute émue des inconnus prochains, toute vibrante de la délicieuse chanson d'amour entendue depuis des mois, toute impatiente de l'avenir enfin presque atteint, du bonheur réalisé, lui, est debout, avec la face sévère de l'homme qui comprend l'importance de ses actes et voit la vie lui sourire dans les yeux et sur les lèvres d'une aimée, enfant rencontrée qui a su séduire, demain jeune et ravissante mère.

Où sont-elles, les souvenances des affolements de jadis, des griseries malsaines, des tendresses fausses? Où êtes-vous, reines de théâtre et reines de beauté?

Dictez-moy où, n'en quel pays,
Est Flora, la belle Romaine;
Archipiada, ne Thaïs,
Qui fut sa cousine germaine;
Écho, parlant quand bruit on maine
Dessus rivière ou sus estan,
Qui beauté eut trop plus qu'humaine
Mais où sont les neiges d'antan?

Où est la très-sage Héloïs,
Pour qui fut chastré et puis moyne
Pierre Esbaillart à Sainct-Denys?
Pour son amour eut cest essoyne
Semblablement, où est la royne
Qui commanda que Buridan
Fust jetté en un sac en Seyne?
Mais où sont les neiges d'antan.

La royne Blanche comme ung lys,
Qui chantoit à voix de sereine;
Berthe au grand pied, Bietris, Allys;
Harembourges, qui tint le Mayne;

Et Jehanne, la bonne Lorraine,
Qu'Anglois bruslèrent à Rouen;
Où sont ils, vierge souveraine?...
Mais où sont les neiges d'antan!

ENVOI.

Prince, n'enquérez de sepmaine
Où elles sont, né de cest an,
Que ce refrain ne vous remaine :
Mais où sont les neiges d'antan!

Lettres d'amour, portraits, fleurs desséchées, derniers témoins pâlis des amoureusetés factices, à quoi bon vous évoquer encore?

« Celle que vous épousez et que je ne connais est meilleure que nous toutes. » Le mot est vrai, dit par l'une d'elles : le passé disparaît, s'efface comme un mauvais rêve. A peine dans le brouillard de la mémoire peut-on distinguer des figures qui s'atténuent et se perdent au lointain; la fée, l'enchanteresse est venue, elle a conquis pour toujours le cœur de celui que des destins heureux attendent, que des attirances passionnées ont illusionné jusqu'à présent en sa folle jeunesse, et que le hasard, qui le protège, comble maintenant des joies sereines et pures.

Du nid suspendu près du bois verdissant des strophes d'amour s'envolent, gazouillis timides, audacieux... vainqueurs, et les amis, qui envient et songent, mais que les jeunes gens égoïstes dans leur bonheur ont déjà abandonnés, se remémorent l'idylle délicieuse qu'ils ont connue, les commencements timides, les afflux soudains à l'âme, le charme grisant de ces trois sœurs, roses fraîches épanouies en la mignonne villa, de ces trois sœurs, dont l'aînée, oiseau qui s'envole, messager de bonheur, se serre aujourd'hui frissonnante sur un cœur d'homme battant à l'unisson du sien et oublie dans les premières extases de son nouveau foyer toutes les tendresses maternelles...

EN 1870

EN 1870

A Georges Jeanniot.

ALLONS, les enfants, il faut enlever la masure ! » nous dit le capitaine Henriot, et, courbés dans les herbes, cachés dans les fossés de la route, nous glissant derrière les troncs d'arbres et les tas de pierres, nous avançions lentement avec des hésitations calculées de bêtes fauves qui guettent une proie : là-bas, tapis dans la ferme, nous mitraillant à travers les crénelures des murailles, les coups de feu crépitant sans relâche, les Prussiens trouaient nos rangs, tuant çà et là un des nôtres, imprudent qui ne se dissimulait pas assez vite, laissait paraître le coin de sa visière ou le bout de son épaulette, juste de quoi pouvoir l'ajuster.

Autour de nous, la plaine s'étendait vaste, immense, et nue : des champs déserts, des espèces de landes égayées par endroits d'un buisson roussâtre, emplissaient le regard de leurs tons monochrômes, et à l'horizon, comme un espacement sinistre de sentinelles toujours présentes, des tourbillons de fumée paraissaient, striant le ciel de leurs nuages épais et sombres, derniers restes des villages incendiés par l'ennemi sur son passage et se consumant misérablement.

Ce fond de décor grandiosement lugubre, ce spectacle poignant, et aussi le côté anecdotique de cet épisode de guerre, de ce fait divers dont nous étions les acteurs, tout nous pénétrait l'âme d'une intense tristesse mêlée d'une rage furieuse, car enfin, ces hommes que nous devinions là, derrière ces murs, dont nous re- cevions les balles, c'étaient eux qui avaient promené partout la torche incendiaire, qui avaient volé, chassé, massacré ces pauvres paysans, tas de martyrs vulgaires et in-nommés, héros méconnus, engloutis dans l'écroulement terrible de la mère-patrie; c'étaient eux qui semblaient nous narguer, abrités qu'ils étaient derrière ces murs et ces toits de chaume, et, vers eux nous glissions dans la boue...

Il s'agissait de s'approcher assez de la ferme, pour aller se poster sous les créneaux et se soustraire ainsi à l'atteinte des balles ; grâce aux arbres de la route, à l'abri de leurs branchages, nous arrivâmes en peu de temps et sans grande perte d'hommes jusque sous les murailles même de la ferme ; le feu cessa tout à coup, un grand silence se fit, sinistre, la ferme était muette ; seuls, au loin, leur bruit sourd se répercutant dans les couches de l'atmosphère, des coups de canon tonnaient, ébranlant le ciel rougi de lueurs sanglantes.

Dans cette solitude environnante d'aucuns parmi nous avaient la petite peur, écoutaient leur cœur battre sous la capote, sentaient au ras de la peau courir un frisson d'inquiétude, presque d'effroi ; la rage de la lutte, l'emballement du départ, l'amusement de la ruse devinée, refroidis par la prudence et l'incertitude, s'ensommeillaient dans les cerveaux ; qu'allait-il se passer? Nous avions la pénétrante sensation d'un danger cherché, affronté, d'une fusillade possible éclatant soudaine, effroyable.

Nous touchions les murs ; les pierres, déchiquetées par les éraflures des balles, s'effritaient, on sentait une chaleur étrange mêlée à une odeur âcre de poudre ; à petits pas, la baïonnette en avant, toujours sur nos gardes, nous fîmes lentement le tour de l'habitation : rien! toujours le même silence et la même solitude.

« Entrons », dit le capitaine.

Devant nous était une porte barricadée en dedans,

l'obstacle était faible, on le franchit, nous nous trouvions dans une cour aux murs blancs, les entrées des étables toutes grandes ouvertes, trous noirs béants et traîtres.

Le décor dans lequel nous pénétrions dormait : d'un tas de fumier du purin gouttait, une échelle au long de poutres défaillantes striait le fond des murs blancs de ses barreaux disloqués, la roue bancale d'une herse s'accotait à une cloison, et, lugubre, évocateur, sur la paille, au milieu de la cour, un casque retourné, la pointe presque fichée dans le sol, reluisait à côté d'une mare foncée.....

Le lieu était désert, pas d'ennemi, pas trace de Prussien, cependant c'était bien de là que tout à l'heure nous arrivait la mort, ils étaient cachés quelque part, là-dedans...

Cachés en effet, ils l'étaient encore et partout : derrière les solives du toit, les madriers des montants, dans la paille par terre, ne grouillant pas, sans un mouvement, sans un souffle, et lorsque nous les eûmes aperçus, alors poussant des hurras de joie devant cette ruse et cette couardise, grisés par la poudre, enfiévrés de sang, à coups de baïonnettes nous tuâmes... Un frisson vous prend à la pensée de ces hideurs, on piquait le foin au hasard, et parfois on sentait le fer s'enfoncer dans une épaisseur grasse, un râle étouffé et des membres se convulsant vous disaient qu'on venait de massacrer un homme.

Aucun ne voulut se rendre ; l'officier, un lieutenant, fut fait prisonnier ; c'était le seul qui restât vivant ; de notre côté nous n'avions perdu qu'un homme depuis notre entrée dans la ferme, un sergent : un Prussien qu'il visait l'avait prévenu et lui avait cassé la tête d'un coup de revolver.

Une fois sortis de la ferme, vide, dès lors ! d'habitants et rentrée dans un calme effrayant de mort et d'abandon, nous reprîmes le large pour nous mettre à l'abri de toute attaque; en pleins champs, à découvert mais en sûreté cependant, le capitaine donna l'ordre d'arrêter; on se rallia; l'officier prisonnier fut amené, grand, blond, l'air crâne, aux lèvres serrées, sous la fine moustache un pli significatif d'entêtement et de courage.

— « Votre épée? » dit le capitaine.

Pas de réponse; un signe de tête seulement disant un refus énergique.

A même demande même réponse ; il y avait une sorte d'héroïsme dans cette figure jeune, pâle, résolue ainsi à la mort et persistant dans son point d'honneur, il nous semblait grandi par la dignité qu'il avait, il nous eût inspiré le respect si nous avions été de sang-froid; il n'y avait pas dans ce cœur un seul battement de regret à l'adresse de son pays, de ses parents, de son avenir, pas un instant d'hésitation dans sa résolution dernière, pas une arrière-pensée dans son sacrifice!

« Qu'on en fasse ce qu'on voudra ! » cria notre capitaine impatienté du calme de son ennemi et comme gêné par son héroïsme.

On poussa le malheureux dans un champ, un soldat abaissa son fusil et fit feu ; le Prussien roula dans la terre boueuse son sang nous rejaillissant à la face.

HISTOIRE

D'UN MOINEAU

HISTOIRE D'UN MOINEAU

A Roll.

I

Elle l'appelle « Pierrot » tout court; son nom commun est devenu son nom propre : de petit nom il n'en a pas; il est gros, vieux, d'un gris sale, le bec jaunâtre, assez aimable néanmoins, devenu vite familier, et reconnaissant par une mimique drôle des bons soins qu'on lui prodigue; sa cage est toute blanche, joliment treillagée en osier; on l'a mise devant la fenêtre, et, quand il neige, Pierrot semble assez satisfait de voir à travers les carreaux les flocons blancs qui ne peuvent venir jusqu'à lui et qu'il ne sent pas ; au reste, en son ensemble, l'hospitalité ne paraît pas lui peser beaucoup, la nourriture est bonne, le logis confortable, et les caresses, oh ! les caresses ! Dans la chaleur et le bien-être de son nouveau nid, on dirait que Pierrot a oublié l'ancien, celui tapi là-bas au creux des vieilles pierres effritées, — dans un palais cependant !

C'est une historiette amusante.

J'avais emmené la chère aimée voir, avant qu'on les eût complètement jetées à bas, les ruines incendiées des Tuileries.

Nous avions, sous la conduite d'un ouvrier complaisant, promené nos pas çà et là dans l'ancienne demeure des rois, contemplé en haut, sur la muraille toute droite, les écussons dorés des maréchaux, déchiffré à travers les traînées marquées par les baisers de la flamme des noms de victoires — Iéna, s'il m'en souvient — gravi les marches restées intactes du grand escalier d'honneur, avec de chaque côté ses bordures ornementées de bas-reliefs, et même, à une des fenêtres du premier étage, nous étions restés accoudés au balcon, avec devant nous l'immense horizon enneigé des Champs-Élysées s'étendant là-bas jusqu'à l'Arc de Triomphe, curieusement bossué par le groupe de Falguière, imprécis à cette distance.

A la barre de fer ouvragé du balcon, où peut être, en d'autres temps, des puissants de ce monde étaient venus s'appuyer, nous restâmes quelques minutes, subissant l'impression du décor, de la circonstance, de l'atmosphère.

Mélancoliquement nos regards s'arrêtaient aux tronçons des colonnes, aux fûts brisés, aux statues émiettées, aux galeries démantelées, aux persiennes arrachées, aux tiges de fer tordues et pendantes, à tout ce détritus gigantesque du palais de Philibert Delorme; au long des travées béantes, on voyait les traces rougeâtres du feu, de grandes plaques uniformément colorées par la flamme, où apparaissaient encore par endroits des bouts de moulures dorées, des chapiteaux enjolivés, des fleurons fouillés, des initiales incomplètes, des peintures même au vernis écaillé, couturé de craquelures; sur un mur, du côté des appartements privés de l'Impératrice, une cheminée toute entière subsistait, non touchée, suspendue à la hauteur du premier étage, les ornementations n'ayant pas souffert, les chenêts restés au marbre intérieur; plus loin, le commencement d'un escalier dérobé s'enfonçait dans la muraille mise à jour de l'autre côté par un éboulement de moëllons se désagrégeant; plus bas une excavation montrait les corridors des cuisines dans le sous-sol, l'entrée des caves, et au milieu de tout cela, à travers les chèvres en bois, les cordes agitées par le vent, les poulies au grincement aigre, des ouvriers piochant, tapant, cognant, des charretiers enlevant de la voix et du fouet quatre chevaux mis en flèche à des tombereaux de gravats cahotant dans les ornières et glissant sur le terrain boueux.

Il faisait un temps gris d'hiver, et sous le ciel lourd, opaque, Paris prenait une teinte indécise et triste, zébrée çà et là par les squelettes des arbres aux branches noires dentelées de frimas; dans les parterres, peu de promeneurs, pas d'enfants; seule la rue des Tuileries, tout contre nous, mettait le va-et-vient ininterrompu de ses voitures courant dans la boue.

« Pierrot » lui, se souciait bien peu de tout ce bruit; il s'était blotti à l'angle d'un pavillon, dans des pierres amoncelées là en un tas déclivant, entre deux plâtras un bout d'ailes seulement passait qui le mo ntra à [illegible] guide; le temps de se baisser, de passer prestement sa main sous les cailloux, et cet hôte moderne des Tuileries en ruines était capturé :

— Tenez, madame, prenez-le; il faut le garder, ce sera un souvenir!

Et, dans sa petite main gantée, elle prit toute maladroite et embarrassée le vieux moineau sali :

— Oh! je sens son cœur battre.

Elle disait cela en souriant, son joli visage épanoui d'une gaieté d'enfant; lui, ne bougeait point, les aîles repliées, s'acoquinant un peu inquiet dans cette mignonne prison, doucement chaude...

Et voilà comment « Pierrot » est aujourd'hui dans un autre quartier à lui inconnu sans doute de ce grand

Paris, regardant à travers les vitres de la fenêtre les flocons blancs qui tombent et ne l'atteignent pas.

Il y a un feu brillant dans la cheminée, sur les murs des tableaux de toutes les couleurs qui font la pièce très gaie; en son ensemble, l'hospitalité ne semble pas lui peser beaucoup; et cependant il a bien failli ne pas la connaître; se rappelle-t-il, avec sa mémoire d'oiseau, que sa gentille maîtresse l'avait laissé s'échapper là-bas? elle en pleurait presque : aussi lui, pour ne pas lui faire trop de chagrin, au lieu de s'envoler haut, bien haut, dans les arbres, il avait été se fourrer dans la cave où on l'avait rattrapé, tout de suite.

II

Elle l'a appelé « Pierrot » tout court; de petit nom il n'en a pas; il est gros, vieux, mais il n'est plus sale, ses plumes sont lisses, il a pris l'habitude de faire sa toilette bien proprement, son bec est nettoyé, et il est de plus en plus aimable, devenu bavard même, faisant des bouts de causette avec sa maîtresse, à travers les barreaux de sa cage, et la saluant très-galamment d'un joli petit « couic! couic! »

Le temps s'est adouci, plus de froid, plus de neige; seule, dernier reste de la saison hivernale, une petite brise qui atténue la chaleur des premiers rayons d'un beau soleil de mars, et met sous les voilettes des larmes claires au bord des cils; le ciel, sans nuages et sans brumes, est limpide, uni comme un lac paisible, d'une vastité calme et monotone.

Les gazons verdissent sortant lentement de terre leurs brins d'herbe réjouissants au regard, les arbres semblent revivre et poussent des folioles tendrettes et parsemées; des oiseaux, coureurs, volètent un peu partout et chantent, joyeux; cet éveil qui est un réveil après l'engourdissement de l'hiver, produit un regain d'émotions douces, donne à la chair comme des impressions charmantes de caresses vagues et indécises.

III

Ce matin, nous nous sommes arrêtés dans « notre square » dont on ouvre les grilles plus tôt maintenant : sur le sable des allées presque désertes, peu de traces de pas ; sur les chaises et sur les bancs alignés au long des bordures, personne ; au lointain des parterres tendrement nuancés d'un joli ton vert pâle, les statues luisaient dans l'atmosphère pure, la lumière se jouant aux contours lisses de bronze, tandis que, montant droit dans l'air, la tour Saint-Jacques, monolithe aux fenêtres garnies de vitraux rougeoyants, aux colonnettes graciles, semblait comme un arbre de pierre géant immobilisé là depuis des siècles ; saillantes du sommet, plus haut que la corniche supérieure, les gueules allongées des gargouilles difformes pointaient au-dessus de nous leur rictus narquois.

Sur un banc de bois, peint en vert à la courbe gracieuse, le dos ondulé en arrière, elle s'assit à côté de moi, et le soleil éclaboussait les frisons d'or de ses cheveux, mettant comme un poudroiement d'étincelles dans la pénombre de son grand chapeau Rembrandt ; son visage, comme tout éclairé, avait une fraîcheur encore plus exquise que d'habitude, le rose de la chair plus rose encore, le bleu des prunelles plus bleu ; elle souriait ravie, subissant elle aussi ce renouveau de la nature, et ses lèvres rouges que connaissent si bien mes lèvres s'écartaient un peu, dans un épanouissement de gaîté montrant l'éclair des dents blanches.

Elle me contemplait, amoureuse, et, comme toujours, dans son regard persistant, je lisais l'intime et continuelle curiosité qui la possède de deviner mes plus secrètes pensées, les plus subtiles mouvements de mon âme, et tandis que je lui lisais doucement quelques pages écrites pour elle, pour elle seule, tout en cédant au bercement des mots, à l'harmonie des phrases, elle restait les yeux fixés sur moi, muettement interrogatrice.

Des gens qui passaient, des ouvriers traversant le square pour se rendre à leur travail, ne pouvaient s'empêcher de nous regarder un instant nous devinant si complètement heureux ainsi l'un à côté de l'autre dans notre isolement égoïste; les oiseaux, confiants et r as surés, voletaient près de nous, sans peur, comme s'ils pressentaient à nous voir, l'amour bienveillant et universel qu'engendre dans nos âmes l'extatique et divine passion.

Nous avons rapporté un souvenir de notre square, un bout de gazon pour mettre dans la cage de « Pierrot », et, par le grand boulevard nous sommes revenus, elle tenant dans sa main cette touffe de verdure enveloppée d'un chiffon de papier.

« Il va être content, Pierrot ! »

IV

.... Comme elle venait à ma rencontre, je remarquai que dans sa main gantée, elle portait avec précaution un étroit sac de papier, l'ouverture tortillonnée ainsi que pour en faire une prison :

— « C'est Pierrot ! » me dit-elle et je me souvins alors du projet que nous fîmes il y a quinze jours passés, de reporter, à l'endroit même où nous l'avions capturé, le moineau des Tuileries.

Comme il s'ennuyait en sa gentille cage d'osier, malgré les conversations journalières de ses frères libres qui venaient se poser sur le balcon pour lui tenir compagnie, la bien-aimée avait choisi cette matinée douce et chaude d'avril pour rendre la liberté au prisonnier; n'étant pas bien certaine que les oiseaux puissent retrouver le chemin de leur ancien nid, elle avait cette touchante intention de n'ouvrir le sac à Pierrot que là-bas, près des ruines noircies du vieux palais, à quelques pas des monceaux de pierres de démolition d'où elle l'avait rapporté avec une joie enfantine.

Tandis que nous suivions les quais pleins de soleil, peu animés à cette heure matinale, Pierrot s'agitait dans son sac, ignorant de son sort, tapant de l'aile contre sa prison de papier avec un petit bruit sec de frippement; bientôt, lassé de l'inutilité de ses efforts, il parut se résigner à l'avenir inconnu qui l'attendait et il s'endormit.

« Ah ! je ne l'entends plus ! » me dit l'aimée et son visage rouge d'émotion montrait sa tristesse subite dans l'appréhension d'un malheur ; mais non, fausse alerte, Pierrot n'est pas mort, et la preuve en est que le voilà maintenant qui passe son bec à la fenêtre, — un trou du sac, — et même à l'approche des arbres, du jardin des Tuileries, il semble se reconnaître, il devient tapageur, crève le papier de ci, de là, se remue, s'agite, volète endiablé, on croirait qu'il devine.

— Je voudrais le prendre et le regarder encore avant qu'il s'en aille !

che à saisir le moineau qui s'y refuse; elle le tient pourtant, mais elle a si peur de le serrer que frrr... il est parti; elle reste un instant interdite et chagrine, puis elle court au buisson vers lequel elle l'a vu se sauver et la voilà qui enjambe la bordure, piétine le gazon, se hausse sur ses talons pour mieux voir dans les branches. « C'est lui ! » en effet, complaisamment, maître Pierrot, très fier, veut bien se laisser regarder encore un peu, puis « ingrat » (elle l'appelle ainsi en souriant), s'envole loin, bien loin, — c'est fini!

Sur de rustiques chaises de paille déséquilibrées, nous nous assîmes alors, en un tournant d'allée solitaire, et, caché par des massifs d'arbres.

A quelques pas, le grand tigre de Caïn dressait sur son piédestal de pierre sa masse accidentée et tortionnée de bronze ; devant nous, au milieu d'une pelouse, une femme de marbre se tordait dans des souffrances, les bras étendus, les jambes repliées, statue académique, dont le socle indiquait le sujet « La mort de Laïs » ; aux branchages, les premières pousses accrochaient leurs jolis tons verts, les oiseaux gazouillaient heureux, et, au sommet d'un grand arbre, au-dessus de nos têtes, des ramiers se poursuivaient, gracieux dans leur vol, tachant le ciel du blanc tendrement rosé de leurs ailes ; une colombe aussi retint notre attention, qui, pour faire son nid, cassait avec son bec des brins fluets de branche qu'elle emportait ensuite.

Et délicatement elle glisse sa main dans le sac, cher-

Comme il était de très bonne heure, le jardin était presque désert, et l'aimée avait approché sa chaise tout près, si près de la mienne qu'en se penchant un tout petit peu, elle offrait à mes lèvres le satin velouté de son jeune visage épanoui de contentement, — et c'était exquis de s'embrasser ainsi sous le vaste ciel, sans peur et sans craintes, dans un abandon délicieux et troublant.....

MÉMOIRES

D'UN ENFANT

MÉMOIRES D'UN ENFANT

EXTRAIT

Au clodionesque sculpteur R Rozet.

« ... La maison, toute blanche, était séparée du jardin par une cour étroite dont une partie, couverte, servait d'abri aux jours de pluie, et avait, pendus aux poutrelles du toit, les agrès de gymnastique ; de grands arbres aux troncs s'enfonçant dans le sable, étendaient leurs ramurés jusqu'aux fenêtres du premier étage, et le matin, quand nous nous levions, nous entendions le joyeux ramage gazouilleur des nids cachés dans les branches.

« Le jardinet, qu'une barrière — treillis de bois peint en vert, — protégeait contre les incursions des élèves, s'allongeait en pente douce jusqu'au tournant de la grande rue sur laquelle une grille ménagée dans le mur laissait le regard errer librement; des pelouses étroites de gazon qu'historiaient des plates-bandes et des massifs soigneusement entretenus, un semblant de labyrinthe, peu élevé, avec deux bancs sur la plate-forme du haut, un potager où s'approvisionnait le cuisinier du pensionnat, une serre où se faisait un cours de botanique, quelques allées délicieusement charmantes sous la voûte des branchages, qui se rejoignent, enfin un rond-point sablé que décorait un motif de pierre représentant une corbeille de fruits et de fleurs, tel était le coin de verdure qui nous réjouissait la vue, et où j'allais, promeneur privilégié, lorsqu'on venait me voir...

« C'était souvent ma mère qui arrivait à l'improviste me surprendre un jour de semaine, à la récréation de quatre heures : et ces bonheurs inattendus me remplissaient le cœur de joie.

« Oh ! les choses exquises, ces éclaircies réjouissantes dans le ciel monotone de mon existence d'enfant, ces blondes apparitions de ma « mère », ces baisers de l'arrivée, du départ, ces longs bavardages là-bas dans « notre allée », comme nous l'appelions, au bout du jardin, en ce nid de verdure que nous avions adopté. Au milieu de ce gentil village de banlieue, à quelques minutes de Paris, on se trouvait dans le calme absolu; seuls, se mêlant à nos causeries, s'entendaient les éclats de voix de mes camarades jouant dans la cour. Ainsi, l'un près de l'autre, souvent même (le plus souvent), le bébé sur les genoux de la maman, nous nous racontions mille et mille choses..

« Comme elle passait rapidement ces jours-là la récréation! Quand la cloche lançait son dreling, dreling, nous nous regardions tristement, on en avait encore tant à se dire; vite, vite, on causait, puis la terrible cloche recommençait, et alors, « mémé » m'embrassait bien fort pour elle, pour papa, pour grand'maman, pour tout le monde, elle me tenait dans ses bras une dernière fois et je rentrais à l'étude, tout tremblant, avec des sanglots dans la gorge, tandis que dans la cour, « mémé » restée seule, détournait la tête pour me cacher ses larmes.....

« Du temps que j'ai passé à cette pension de Fontenay-aux-Roses, j'ai gardé une foule de souvenirs charmants que mon calendrier évoque parfois de ma mémoire :

— 24 octobre — un temps gris, un dimanche, le même ciel pâle avec des traînées de nuages lourds de pluie, un vent froid souffle dans les branches que l'automne dépouille ; sur la terre, bruit le frissonnement des feuilles sèches qui tourbillonnent; ce jour-là, — il y a de cela... j'avais neuf ans ! — nous avions été en promenade du côté de Sceaux, et à quatre heures, le crépuscule commençant à bleuir l'horizon, nous avions repris la route du pensionnat; quelques-uns d'entre nous avaient déjà leurs chaussures d'hiver, et sur les pierres du trottoir, notre arrivée s'annonçait de loin par un tapottement de galoches et de sabots ; deux par deux, en longue file, nous revenions, lentement, emplissant la rue de notre gazouillis.

« ..... A genoux sur la terre, ayant penché la tête à travers les barreaux de la grille pour m'apercevoir de plus loin, elle était là, et puis à côté d'elle, debout, papa me souriant, et puis ma cousine Blanche, et puis... oh! la charmante surprise! tous ces doux visages aimant, guettant ma venue au bout du jardin...

« Je me rappelle tous les détails de ce jour-là : on nous avait fait couper les cheveux très courts malgré le froid, aussi « mémé » n'était pas contente : je n'avais pas voulu mettre mon paletot parce que mes camarades s'étaient moqués de la fourrure qui le garnissait, je n'avais pas mes mitons, de jolis petits mitons de laine que j'avais oubliés dans ma poche au dortoir; j'avais la joue griffée : il y avait de l'encre sur ma grammaire; non, vraiment, ce dimanche-là, « mémé » n'a pas été contente; papa, lui, ne disait rien, mais je comprenais bien sa pensée : « Voilà un enfant qu'on vient voir pour lui faire plaisir, et il est morigéné ; il aimera mieux qu'on ne vienne plus » ; ma cousine Blanche, elle, causait avec un ami de papa, un jeune homme qui m'aimait bien, me portait sur ses épaules, sortait avec moi...

« Dans le jardin au fond, nous jouâmes aux quatre coins, une partie folle toute éclatante de rires et de gaieté; les petits oiseaux qui commençaient à s'endormir, blottis dans leurs nids, sursautaient, étonnés, peureux presque, secouant leurs plumes, s'étirant les pattes, se faisant des signes comme s'ils se demandaient ce que signifiait tout ce bruit: ils poussaient des cris aigus d'effarouchement, ils pépiaient tous à qui mieux mieux. Ils furent bientôt rassurés, hélas! la cloche nous rappela, et tristement, sans presque plus rien se dire, on regagna la cour, la maison, l'étude... Tout le monde m'embrassa, et « mémé» pour rester plus longtemps avec moi, me reconduisit jusqu'au fond du couloir ».

(*Pour copie conforme*).

UN
VIEUX CHATEAU

UN VIEUX CHATEAU

A Ferdinand Heilbuth, que je rencontrai en ce décor mélancolique, quelques lignes de prose inférieures comme rendu à ses très exquises études.

FLEURY (SEINE-ET-MARNE)

Après avoir franchi une haute et large porte cintrée qui s'ouvre dans le corps de bâtiment des communs, on pénètre en une grande cour plantée d'arbres, au bout de laquelle le château s'aperçoit avec sa façade que terminent aux angles des pignons pointus surmontés de boules, et que prolonge en retour sur la droite une annexe qui avance et se finit par une tourelle que domine un clocheton ajouré.

Cette pierre blanche, salie par le temps, ces briques

rouges disposées en bandes rectilignes, ces toits de tuile grise verdis par la mousse, ces hautes fenêtres aux petits carreaux de toutes teintes, ces gazons roussis, ces arbres dépouillés, tout cela présente un aspect triste et désolé qui fait songer au *Château de la Misère* de Théophile Gautier et qui aussi évoque bien la figure terne de ce roi timide, ennuyé, Louis XIII.

Un large fossé, empli d'une eau qui croupit entre les murailles de pierre disjointes, et sur lequel un pont aux assises épaisses donne accès à l'habitation, entoure le château complètement : sur un des côtés, appuyé à l'un des pignons pointus, un pavillon minuscule que soutiennent des colonnes cannelées, surplombe un lavoir au toit bas, comme on en voit dans les aquarelles de Ciceri, et à cet endroit l'eau tachée de savon est un des rares signes de vie qu'on perçoive.

La façade sur le jardin, d'une régularité plus complète et entièrement blanche, a en son milieu, au-dessus d'un double escalier tournant qui passe sur un pont jeté en travers de la douve, une avance en saillie de trois fenêtres, avec, au sommet, une sorte de balcon à l'italienne, et, dans un triangle de pierre, un médaillon entouré d'une guirlande de fleurs sculptée finement, sans doute au dix-huitième siècle, contient des lettres : **A. D.**

Du côté opposé au lavoir et limitant le fossé, s'élève l'église du village, un clocher humble, dont les fenêtres ont été bouchées, et dont les murs disparaissent sous leur parure de vigne vierge.

Devant la façade du château, la pelouse s'étend immense, à perte de vue, sans limites, égayée par une nappe d'eau qu'entretient un ruisseau courant à la mode anglaise, de tous les côtés; seuls des pins, près de cet étang qui réfléchit le ciel ennuagé de décembre, mettent une note vive de vert ardent dans ce désert peuplé de grands chênes disposés ça et là en larges avenues aux profondes perspectives.

Tout dans cette demeure qu'on a laissée sans réparation d'aucune sorte, est lézardé, chapechutant, bancal, et cela semblerait un lieu abandonné si l'on ne distinguait vaguement des rideaux dans la transparence des carreaux au rez-de-chaussée.

L'architecture est simple, d'aspect austère, sans ornementations, les ouvertures des portes et des fenêtres faites simplement à lignes droites, nues dans la façade plate.

Les grandes entrées de milieu des bâtiments qui encadrent la cour sont ornées de grosses pierres graineleuses, sculptées profondément, et, sur le mur qui longe la route, de chaque côté du pavillon central où est le portier, des arcades sont faites en briques rouges, avec dedans des CC entrelacés et retournés; çà et là des niches vides maintenant et dégradées ont dû jadis abriter des statues.

Vues du chemin, les murailles apparaissent. surmontées de graines folles qui poussent entre les pierres effritées, et au long des pavillons de coin montent des lierres envahisseurs; dans les champs on aperçoit en se retournant les restes d'une immense allée d'ormes qui autrefois servait d'avenue au château.

Ainsi détérioré lentement par les années qui se succèdent, n'étant presque déjà plus qu'une ruine pittoresque, ce château d'un passé grandiose vous remémore ce mot d'une philosophie amère, dit par Daudet devant les Tuileries, lorsqu'il composait *les Rois en exil*: « Une grande chose — morte ! »

JOURNAL
D'UNE MÈRE

JOURNAL D'UNE MÈRE

A J. Geoffroy.

25 juillet 188. .

« De balcon à balcon, ils se sont entrevus, deux enfants blonds, faibles, l'air chétif, mais le teint pâle, animé d'une franche expression de gaieté.

Il faisait ce soir-là une chaleur lourde, étouffante, et comme le jour commençait à tomber, les fenêtres étaient grandes ouvertes pour laisser pénétrer l'air fraîchissant du crépuscule ; Georges, en vacances alors, allait, venait à travers l'appartement, emplissant les grandes pièces de sa petite personne bruyante et tapageuse ; sur le balcon où ses gambades le conduisirent, il s'arrêta étonné, intrigué, puis aussitôt, des deux côtés de la rue étroite, une même exclamation joyeuse d'enfant : « Mémé, il y a un petit garçon comme moi sur le balcon d'en face. » Le premier moment de surprise passé, les deux babys sont revenus se regarder, s'observer timidement, mais déjà tout contents de l'espérance de jeux probables, avec dans leurs yeux comme le désir impatient de distractions partagées, d'une amitié charmante de hasard pour leur temps de congé.

Même jour.

« Le soleil de juillet, descendant à l'horizon empourpré, brûlait ; de grands lauriers roses aux racines serrées dans de petites caisses laissaient tomber alanguis leurs longues feuilles mièvres, des volubilis et des capucines se cachaient dans leur parure de feuillage déjà jauni, refermant leurs corolles aux vives couleurs, s'endormant dans la torpeur de cette chaude soirée d'été, sous les baisers ardents des rayons d'or : dans une cage suspendue au mur blanc, les oiseaux se taisaient, attendant comme les fleurs et comme nous-mêmes, pour respirer à l'aise l'heure du soir ombreuse et fraîche.

«..... La nuit est venue, les fenêtres s'éclairent de tous côtés en même temps qu'à la voûte assombrie du ciel les étoiles s'allument une à une : la paix des soirs plane engourdissante sur la ville dont les toits découpés se profilent au loin, le bonhomme Sablon commence à faire son tour, « mon enfant, il faut aller se coucher » la phrase sans doute comme un écho se répète chez les gens d'en face, et les deux babys qui se connaissent à peine, n'ayant fait que s'entrevoir un instant, vont déjà rêver l'un de l'autre, toutes sortes de visions enfantines vont s'agiter dans leurs petites têtes blondes qui reposent sur l'oreiller moelleux arrangé par leur maman.

Août 188...

« ... Depuis ce lendemain matin où ils ont couru tout de suite l'un vers l'autre à leur rendez-vous sur le balcon, ils ont fait connaissance, ils sont devenus bons amis, ils se sont enhardis à causer par dessus le grand vide tumultueux de la rue; ils ont convenu de leurs jeux, ils se sont montré fièrement leurs tambours, et, sans pitié pour les oreilles des voisins, ils ont commencé la petite et la grande guerre, l'exercice, la manœuvre ; c'était à qui commanderait, mais comme de gentils petits enfants, ils se cédaient tour à

tour cette amusante autorité, autocrates timides sans ambition ni tyrannie; le soir arrivé, à leur grand regret, ils étaient obligés de se quitter, et jusqu'au jour suivant, ils faisaient dormir à leur imitation sabres, fusils, shakos et ceinturons.

Un mois après...

« ..... Plus de soleil, un vent frais souffle qui pique, déjà on a subi les premiers froids, et des gelées blanches ont couvert les toits noirs.

Les deux petits amis ne se voient plus qu'au travers des fenêtres fermées.

. . . .

« ... Ce matin, les rideaux en face n'ont pas bougé, et c'est en vain que Georges chagrin fait des signes : tout est calme chez le petit voisin.

Sans en rien laisser paraître, j'ai regardé attentivement, j'ai observé — l'enfant ne serait-il pas malade ? derrière la croisée, j'ai aperçu la mère un instant, le visage fatigué, les yeux inquiets, l'air triste.

Le lendemain...

« ... Hélas

Hier, tantôt, il faisait encore jour, j'ai deviné plutôt que réellement vu au travers de la mousseline blanche des rideaux fermés le vacillement d'une lumière.....

C'est fini, il n'est plus ! et, secouée d'un frisson, je ne pouvais détacher mes yeux de cette flamme faible et tremblottante qui semble le vrai symbole de cette vie misérable qu'un souffle éteint ; j'ai caché à mon cher aimé ma cruelle angoisse, à quoi bon assombrir trop tôt son jeune cœur ?

Oh ! c'est horrible !

Je songe à cette mère en face, je devine les larmes qu'on verse désespérément auprès de ce petit lit que la lueur éclaire d'une façon sinistre.

28 septembre 188...

« ..... Aujourd'hui, par un brouillard gris et froid, je l'ai regardé partir dans la voiture noire.

Des fenêtres mi-closes de l'appartement, de la porte tendue, des ensevelisseurs déambulant, des fleurs tressées en couronnes, de toute cette parure de la mort, une tristesse montait jusqu'à mon balcon, une tristesse forcément accrue d'appréhensions personnelles, de terreurs secrètes; comme fascinée douloureusement, j'assistai de mon observatoire à toute la cérémonie; parmi le cortège funèbre bruissait une jolie ribambelle d'enfants, tous ses petits camarades de classe qui se disputaient l'honneur de tenir dans leurs mignonnes mains gantées les longs rubans blancs, attachés au corbillard et voletant dans l'air comme ces fils de la Vierge qu'on voit parfois voguer dans l'atmosphère calme; jusqu'au tournant de la rue, là-bas, j'ai suivi du regard le convoi qui s'éloignait lentement, et mes larmes tombaient silencieuses en songeant à cette pauvre mère moins heureuse que moi, moi dont le cher aimé repose calmement endormi dans sa chambrette.

Même jour...

« ..... Georges s'est réveillé tard, très tard, le petit

voisin devait être déjà loin, loin ; j'avais séché mes pleurs et retrouvé mon sourire habituel, mêlant ainsi, sans le vouloir, à ma peine, ce sentiment bien naturel et bien égoïste aussi, de mon bonheur à moi... »

(*Pour copie conforme*).

LA MORT
DE PIERROT

LA MORT DE PIERROT

A Ad. Villette.

Lassé par les tristesses sans cesse renouvelées de la vie banale, écœuré par les désillusions et les traîtrises, par les désespoirs et les abandons,

— Pierrot blême s'est tué.

Et sur son masque poudrerizé un filet rouge saigne, du sang coule ; au facies déjà blafard la Mort a ajouté sa blancheur funèbre ; les lèvres, que le rictus de la drôlerie cocasse a souventes fois épanouies dans un rire amusant, sont entr'ouvertes encore, par où le dernier souffle s'est enfui,

— Pierrot blême s'est tué.

Et sur les yeux les paupières closes voilent le regard jadis égayant, vitreux aujourd'hui, le regard plein d'éclairs et de jaillissements, qui souriait aux Pierrettes et les appelait.

— Pierrot blême s'est tué.

Jusqu'à sa suprême heure, fantaisiste encore, il a choisi pour s'étendre le dur et froid appui d'un ossement macabre, d'une tête de mort hideuse, aux orbites caves, à la mâchoire édentée, et sur cet étrange lit son corps repose voilé d'une draperie blanche,

— Pierrot blême s'est tué !

Dans le ciel clair qu'argente un croissant de lune, son âme s'envole, délicate et mièvre, une exquise femme aux grandes ailes d'azur, qu'un nimbe auréole, et qui, libre enfin, va lentement, heureuse, vers les Paradis désirés.

— Pierrot blême s'est tué.

ENVOI

A vous tous, rêveurs, amoureux, poètes, cette image est dédiée, à vous qui souffrez, à vous qui pleurez, cette image de la mort qui délivre; aux heures d'amertume et de désespérance, écoutez ce refrain triste:

— Pierrot blême s'est tué !

SONNET BLANC

Au même

Pierrôt rêve, amoureux très pâle et très sincère,
Il rêve un rêve blanc, blanc de lys, aussi blanc
Que lui-même, et trop beau pour notre triste terre
Où l'amour n'est jamais qu'un fantôme fuyant.

Rose ou femme, nenni. Pierrot est solitaire,
Arlequin ou frelon, ce n'est pas lui l'amant ;
Il ne saura jamais l'arcane du mystère,
Les baisers endormeurs et le oui consolant.

Le veau d'or en triomphe est porté, le poète
Désespéré se tue, et son âme inquiète
Des destins d'avenir promis pour l'au-delà

S'envole dans l'azur ; — de mignardes danseuses
Lui font cortège avec des mines douloureuses
Jusqu'à la Lune, tombe où Pierrot gît très las

RÊVERIE BLANCHE

Au même.

Pierrot me distrait en son habit blanc,
En son habit blanc, couleur de la lune ;
Comme il est fantasque et qu'il est charmant,
Pierrot qu'Arlequin noir seul importune !

Willette s'en va menant par la main,
Le Pierrot tout blanc, blanc comme la lune,
Et lui fait conter le long du chemin
De très jolis riens, sans tristesse aucune.

Seulement rêveur, hélas ! est Pierrot,
Poète ignoré dans un temps de prose ;
Un frelon butine et lui prend sa rose,
Le pauvre amoureux voit et ne dit mot.

A quoi bon se plaindre ? Infidèle amante,
La fleur a trahi son fidèle amant ;
Pierrot creuse alors, pour son doux tourment,
Une fosse creuse, et noire et clémente.

Pierrot me chagrine en son habit blanc
En son habit blanc, couleur de la lune !
Ah ! comme il est triste et qu'il est navrant !
Son fantôme pâle et froid m'importune.

EN
PLEIN CHAMP

EN PLEIN CHAMP

A L. Barillot.

Neuf heures du matin : sous le soleil qui plombe, la campagne est tranquille, au loin on entend des aboiements de chiens et par instants des coups de fusil rares; des coqs claironnent dans les fermes environnantes, tandis que, tout près, volètent avec de petits pépiements des chardonnerets au plumage bizarre.

Des perdreaux rappellent, par envolées basses on voit par instants leur passage apeuré ; sur la terre brune de labourage se devine l'ébrouement rapide d'un lièvre enfilant un sillon ; un friselis de cailles éveille l'attention ; des corbeaux, lourds et noirs, font de mauvais présages, à gauche.

Sur l'uniforme ligne des champs moissonnés saillent des vaches qui paissent, deux par deux généralement, gardées par une paysanne qui coud en marchant ; l'étoffe qu'elle tient ainsi à la main fait de loin une tache blanche sur la robe bleue ; un chien noir, au collier de cuivre luisant sur son poil sombre, les accompagne, et par moments une des *bonnes bebêtes*, comme les appelle le peintre animalier Barillot, quitte sa placidité coutumière pour donner un coup de tête au roquet qui l'ennuie.

Lentement, avec un calme monotone, elles vont, là dans les prés, mangeant ; leur cou, penché à terre, a un curieux balancement très doux qui les fait prendre successivement à droite et à gauche les herbes dont elles tondent le sol. Leur pelage brun ou noir, éclairé de taches blanches, offre au soleil une large surface lisse sur laquelle les rayons glissent comme sur du velours tendu : leur queue, un panache maigre, leur bat les jambes, tombant au long du pis ; le bruit de leur mâchoire est pareil à celui que fait le broiement régulier d'une machine, et suit la démarche en la scandant.

Elles sont rebelles aux ordres de leur gardienne,

qu'elles regardent de leur air placide et dédaigneux, en retournant leur grosse tête aux yeux fixes; il semblerait qu'elles ne sont jamais en faute, et ne comprennent pas qu'on les dérange ainsi.

Des vols d'alouettes passent, courts, allant d'un champ à l'autre, leurs ailes grises s'élevant peu, et, leur envolée accompagnée d'un joli cri vite réitéré; posées, elles sont peu farouches pour le promeneur qui passe son carnet à la main, mais cependant le guettent de leur œil fin.

La paysanne, elle, qui coud en marchant tandis que ses bêtes paissent, ne s'occupe pas du « monsieur » qui écrit, peut-être a-t-elle posé sans le savoir devant le génial naturiste Millet dont, pas loin, la maisonnette s'aperçoit, au toit bas enseveli dans le feuillage; sa simplesse rustique et naïve a peut-être motivé un chef-d'œuvre, quelqu'une de ces toiles que le grand artiste donnait pour un morceau de pain, et qu'aujourd'hui les amateurs s'envient à prix d'or; mais que lui importe, la pauvre? Elle vit sa vie humble, sa vie monotone, à ras de terre, ignorée, presque inaperçue, sa vie sans incidents, sans au delà, modèle inconscient pour le passant, rêveur qui note ou peintre qui idéalise...

...La brume du matin se dissipe peu à peu, et le paysage plus distinct, s'affirme; à l'horizon, les collines bleutées dessinent leurs crêtes boisées sous le ciel, et les villages s'aperçoivent avec leurs toits de tuiles rouges groupés autour du petit clocher.

Sur la route passe la diligence qui apporte les journaux de Paris, il est l'heure de revenir à l'auberge, s'attabler devant la bonne omelette dorée qu'a sans doute préparée la bonne femme du *Cheval blanc*, et devant aussi la bouteille de petit vin tout gai qu'elle a monté bien frais de son immense cellier.

CE QUE
JE VOUS AURAIS ÉCRIT
DANS
VINGT ANS

CE QUE

JE VOUS AURAIS ÉCRIT

DANS VINGT ANS

C'est un délicieux réveillon que nous avons fait cette année-là !

Votre mari, dans la crainte que l'enfant Jésus n'eût oublié l'adresse et laissât les petits souliers vides, avait apporté des joujoux de Noël à ses enfants ; vous, déguisée pour un soir en ménagère, aviez préparé le souper, et moi, apportant là la gaieté de mes vingt ans, un amour..... brûlant, un cœur naïf, je venais m'asseoir près de vous pour partager cette douce soirée de famille.

La table, avec sa nappe éclatante de blancheur, ses

entassements de pâtisserie, les scintillements clairs du cristal et de l'argenterie, disait bien la date et le but de la réunion : vos fillettes, heureuses des largesses de leur père, la bouche débordante de ces conversations sans fin qu'ont les enfants en gaieté, jetaient leurs éclats de voix et leurs rires sonores au milieu de notre conversation qu'elles interrompaient à tout moment, et..... au dehors, fouettant le dos voûté des passants qui filaient le long des murs, la neige égrenait dans l'air, lentement ses paillettes blanches.....

On eût dit des morceaux de billets doux qu'on vient de déchirer et de jeter, et qui voltigent encore....

Quel délicieux réveillon nous avons fait cette année-là ! J'étais admis dans votre charmante intimité, je goûtais ce bien-être doux et solide, cette sorte de félicité enveloppante qu'on ne trouve qu'au foyer de famille, et, placé entre vos enfants tout joyeux, et vous, toujours bonne et belle, je souhaitais du fond de mon âme, que, comme dans le château légendaire de la Belle au bois dormant, nous puissions rester cent années ainsi.....

Ce que nous mangeâmes, je ne le sais ?

Vos yeux étaient ravissants voilà ce dont je me souviens !

Vous aviez un peu de cette folle gaieté expansive qui vous va si bien quand vous animez votre grave et sévère beauté ; de vos lèvres s'échappaient en cascades sonores des éclats de rire perlés qui faisaient voir vos dents blanches, et vous fixiez parfois sur moi vos grands yeux auréolés de noir — ce qui me rendait tout timide !

Dans la rue, des gens avinés passaient en criant quelque refrain patriotique à la mode ; et ces clameurs crues et fausses faisaient détonner leur réalisme attristant au milieu de notre bonheur doux et calme.

Nous les entendions, et en l'amour il y a tant d'indulgence, de charité, que nous les excusions ; eux aussi à leur façon ils fêtaient Noël, et leur joie brutale rayonnait quand même, montant de la rue jusqu'à nous, s'épandant dans l'air qu'elle troublait gaîment.

Vous rappelez-vous, Madame, votre petite coquetterie martenelle de ce jour-là ?

Vous preniez souvent votre fille, — la plus jeune — sur vos genoux et vous lui donniez de longs baisers pleins d'amour, en me regardant à la dérobée comme si vous eussiez voulu, par cette gracieuse chanson des lèvres qui se rencontrent, me faire faire un gros péché d'envie!

Quelle adorable gaminerie! Vous rappelez-vous, Madame?

Et ce sourire! Vague, esquissé à peine, un petit plissement dans le coin de la bouche, une petite fossette dans les chairs brunes de la joue!

J'en dirais bien davantage, car mon cœur déborde des

souvenirs de ce temps-là ; c'était l'heureuse époque alors; j'étais jeune, encore plein d'illusions, le cœur bercé d'espérances, l'âme ouvrant ses ailes pures non encore salies aux tristes réalités des choses humaines : la timidité de l'âge ingrat me faisait rougir parfois, et je conservais sous mes redingotes l'air étriqué et niais de la tunique de collégien. Oh ! le bon temps tout de même !

Que de souvenances exquises !

Depuis ce réveillon de Noël où je vous chérissais dans votre intérieur simple, jusqu'à ce concert où je vous admirais, où vous me sembliez trop belle, et où j'étais comme jaloux de tous ces regards d'hommes fixés sur vous ; il me semblait que vous étiez profanée par cette admiration venant du premier venu, et, sous l'éclat du gaz jetant ses gerbes de feu, dans l'atmosphère épaisse et lourde de cette salle de spectacle emplie du frémissement de la foule, je me prenais à regretter les doux moments passés auprès de vous, ce soir de 25 décembre, dans l'intimité étroite du foyer de famille.

Que de souvenances exquises, n'est-ce pas, Madame ?

Et que d'amour j'avais plein le cœur ; je n'ai jamais osé vous le dire ; peut-être l'aviez-vous compris ; je ne sais ?

Aujourd'hui je vous en fais une déclaration « posthume » ; vous êtes grand'mère — et une charmante grand'mère, je suis un vieux journaliste blasé, aussi puis-je croire sans vanité, que vous écouterez sans déplaisir cet écho du passé que je me suis plû à faire vibrer en ces lignes et je vous les adresse comme une marque bien faible assurément de l'affection que vous a toujours gardée

Votre vieil ami

MARGOT

MARGOT

A Léon Cladel.

Ayant quitté la grande route pour suivre un sentier des champs qui l'avait séduit par sa double bordure de pommiers trappus, en boule, tout fleuris, il s'était égaré, et sous le crépuscule qui tombait, teintant l'horizon d'une grisaille bleutée, très douce à l'œil, mais très indistincte, il ne voyait plus autour de lui que l'étendue illimitée des champs où les derniers vols d'alouettes tourbillonnaient avec de petits cris joyeux.

Le pays ne lui était pas connu : Parisien arrivé depuis peu, usant son premier enthousiasme de la nature dans de longues et pittoresques promenades au hasard des sites aperçus et des sentes rencontrées, il s'était, ce jour-là, éloigné de la ville, absorbé dans une rêverie songeuse, tout entier à un retour subit du passé évanoui, qu'une farandole d'images féminines, l'entourant de leurs charmantes visions, avait tout à coup ressuscité ; il avait repris pied dans le grand Paris abandonné si subitement quelques mois auparavant, et des souvenirs qu'il avait cru éteints s'étaient rallumés, vivaces, comme ces éclairs instantanés qui jaillissent d'un feu couvant sous la cendre.

Devant lui, dans les ombres plus allongées du soir, à la clarté naissante de la lune, elles réapparaissaient toutes, les amantes d'autrefois, avec une netteté de réalité illusionnante : dans leur contemplation muette, il suivait le chemin commencé, oublieux de l'heure et de l'endroit, comptant seulement sur la trouvaille inévitable d'une ferme quelconque où il pourrait demander asile.

Entre les champs où traînaient, délaissés jusqu'au lendemain, les instruments de travail, le sentier coudé brusquement s'enfonçait sous un porche que barrait une massive porte à deux battants ; au loquet de fer, le voyageur heurta fortement, éveillant de l'autre côté des aboiements furieux de chiens.

Après quelques minutes d'attente, un paysan vint, le patron de la ferme, qui, soupçonneux d'abord, mais poli et engageant ensuite, fit entrer son hôte dans la grande salle à manger où le repas du soir finissait : les garçons de ferme attablés avec les filles de service de chaque côté de la patronne qu'entouraient deux bambins aux mines réjouissantes de santé, causaient avant d'aller se coucher, un gros rire épais secouant leur têtes halées, grimaçant drôles, sur les coudes appuyées.

De plafond bas, aux murs sombres, la pièce était vaste, avec ses immenses bahuts de bois sculpté, ses claies à fromages suspendues par rangées, et la grande cheminée tout éclairante d'un feu de fagots crépitants : sur le papier, noirci par des piqûres de mouches, des objets reluisaient par endroits, entre autres, accrochés à des pieds de chevreuil montés en porte-manteaux, des fusils de chasse curieusement ciselés ; sous la table, et tournoyant près des escabeaux de bois, des chiens ramassaient des miettes, rongeaient des os, tandis qu'un mouton noir d'Égypte, familier et doux, happait en bêlant du sucre que lui jetaient les bambins.

Les assiettes, pas enlevées, montraient les restes d'un repas frugal, et dans les gros verres sans pied une rouge coloration décelait le vin épais et âcre récolté dans le pays.

— Ah! mon bon monsieur, vous en êtes ben trop distant pour vous y rentourner à c'te nuit : mangez un morceau, là, à votre aise, puis, si vous voulez, dam' ce n'sera pas des draps de mousseline comme chez vous, mais on y dort tout de même, on va vous arranger un lit là-haut : Margot, héla-t-il en s'adressant à la principale servante, vas donc préparer la chambre de la tourelle.

— Vous n'aurez pas peur si vous entendez du bruit, ajouta la patronne, c'est que le pigeonnier est au-dessus de la fenêtre, et, en se courant dessus, les amoureux pourraient peut-être ben donner un coup d'ailes ou de bec dans les carreaux.

Sur le lit à armoire dont les montants sont des branches mal équarries, le Parisien est monté, et, rompu de fatigue, dans les draps de bure qui lui grattent la peau, il s'est endormi bientôt, la tête enfonçant au creux doux du traversin de plume : la ferme est silencieuse, le calme de la nuit à peine troublé par des remuements de bêtes dans les étables, et des mâchonnements de chevaux râclant de l'avoine au fond de leurs mangeoires : au loin, dans les champs, hululent sinistrement des hiboux qui se répondent.

La vision qui l'avait assailli sur la route le reprend pendant son sommeil, plus intense et plus charmeresse, et, comme un défilé d'anges drapés dans leurs blanches ailes, réapparaissent toutes les amantes d'autrefois, et il revit alors les heures gaies ou tristes du passé qu'il croyait évanoui à jamais.

Celle-ci, c'est une enfant brune aux yeux bleus, pâle, l'air maladif, alanguie par la souffrance, très coquette cependant ; il l'avait vue et aimée au temps du collège, aux primes heures de sa toute jeunesse, et à elle furent adressés ses vers d'écolier, des rimes mauvaises exprimant des aveux timides : la pâleur douce de cette mignonne figure avait captivé son attention et ses regards, et il était resté longtemps, comme en extase, tout son être remué violemment par quelque chose d'ignoré jusqu'alors, par une impression mêlée tout à la fois de bonheur et de souffrance : il était devenu poète alors, l'amour qui naissait ayant fait jaillir l'étincelle, et avec l'inhabileté, l'inexpérience de la forme et du rythme qu'excusait son jeune âge, il chantait l'enfant brune, insatiablement, mettant à toutes les pages de son carnet intime un vague reflet adoré de sa physionomie étrange : amour resté inavoué, passion naïve et secrète si cachée qu'aujourd'hui la jeune fille qui a grandi, qui est une femme, pourrait... comme dans le sonnet célèbre d'Arvers :

> ...... dire en lisant ces vers tout remplis d'elle,
> « Quelle est donc cette femme ? » et ne comprendrait pas.

Ce furent là quelques années heureuses, ensoleillées,

où les jours, les mois, se suivaient, passaient rapidement, les longues heures de captivité du collège occupées et remplies d'un espoir ou d'un souvenir, une rencontre fortuite suffisant à combler le poète de joie, la vision fugitive de la vierge aimée se gravant en traits ineffaçables dans les yeux et dans l'âme de l'enfant ébloui.

Elle, la brune fillette, aux yeux bleus, il la voit loin, bien loin, la première, en une lumineuse apothéose, il la contemple telle qu'il l'a connue autrefois, les hasards de la vie les ayant séparés à jamais et toutes les vilenies de l'existence n'effleurant ni ne touchant à la sainte dont il retrouve le nom aux syllabes douces et harmonieuses dans ses premières poésies hésitantes et chastes du collège.

Celle-ci, c'est E..., une soubrette de théâtre, au minois chiffonné sous les cheveux blonds en broussaille, une cervelle d'oiseau dans une tête mignonne, d'une joliesse ensorcelante : une peau fraîche, toujours poudrerizée, où les lèvres, en des baisers qui s'égaraient, laissaient des plaques rubescentes, indiscrètes : un peu niaise, mais si chatte, cette Ève non tentée, toujours tentante avec sa gorge blanche devinée par l'entrebâillement habile du corsage complaisant.

Celle-là, B.... grande, d'une beauté de reine, sévère, le visage au teint mat troué de deux yeux profonds, auréolés de noir, surmontés d'un diadème de cheveux sombres, puissants, tordus en nattes épaisses sur la nuque : une Vénus de Milo — brune... avec des bras.

Cette autre, à la démarche lente, affaissée, la tête pâle, d'une matité douce, la prunelle claire au regard caressant sous les cils courts, les cheveux petits, d'une blondeur rousse; il se la rappelle gracieusement cachée par une mantille de dentelle noire, et, rieuse, à son bras, parcourant la foule bigarrée d'une nuit de bal à l'Opéra; sous les points de Chantilly se voyaient seulement deux lèvres charmantes, un trait de rouge à la Grévin dans le visage blanc, toute la puissance d'amour résumée là avec des baisers fiévreux et passionnés.

Dans son rêve, le voyageur assiste au défilé qui se continue toujours : enfin, tout près de lui, la dernière des amantes du passé vient, avec, encore dans les yeux, les larmes pas séchées de la séparation douloureuse : celle-ci, c'est un délicieux petit minois de Parisienne, charmante sans être jolie, attirante sans être belle. Sur ses épaules puissantes, une gerbe de cheveux blonds s'épand, un ruissellement d'or qui descend jusqu'à terre : et cette vision lui rappelle les exquis moments passés, les étreintes folles et jamais lasses, toutes les voluptés secrètes des heures longues arrachées à la surveillance d'un maître soupçonneux, et aussi toutes les angoisses de la jalousie farouche que cette affection, prise trop au sérieux, lui a fait souffrir.

Oh! la torturante épreuve de trouver sur son chemin, devant soi, un homme qui a été ce que vous êtes, qui a éveillé un être cher à des sensations et à des sentiments nouveaux dont vous bénéficiez après lui, qui a été l'in itiateur, et qui reste le point de comparaison ineffaçable, le « précédent », toujours là présent !

L'oubli ne vient jamais ternir les souvenances du premier amour ; le temps ne peut enlever sur les lèvres la trace des baisers du premier amant. « Lui » ! c'est le maître implacable, le fantôme incessant, c'est en vain

que l'on essaie de renier, c'est en vain que l'on greffe une autre passion sur ce rameau que l'on croit mort, il suffit d'un geste semblable, d'une impression vulgaire, mais déjà eue pour faire revivre ce défunt qui a commencé par causer des regrets et qui finit par engendrer des remords. Comment se distraire de ces souvenirs délicieux de la première heure, du dévoilement timide et hésitant de la chair, de l'abandon lent de la pudeur? Comment oublier les joies ineffables et nouvelles, ce pas franchi tout à coup, qui, de la jeune fille, fait une femme, qui change la vierge en amante ?...

Il étend les bras pour ressaisir cette vision qui passe, quand, sursautant brusquement, il voit la porte s'ouvrir, et Margot, la servante, entrer.

Il fait grand jour, le soleil met dans la chambre des traînées lumineuses où virevoltent des moucherons en nuées ; devant les carreaux de la fenêtre, des ombres passent rapides qui sont les tournoiements d'ailes des pigeons ; les coqs chantent dans la cour, tandis qu'on entend les cris des charretiers partant aux champs ; Margot apporte dans un bol du lait tout chaud, et dans une assiette de porcelaine à fleurs, une large tranche de pain bis.

Rieuse, les dents blanches découvertes par les lèvres rouges, la fille de ferme regarde « *le monsieur* » avec d'étranges yeux tout pleins de désirs qu'elle n'ose avouer sans doute. C'est une plantureuse nature dont la gorge, abondante, s'affirme dans le calicot tendu du corsage du matin ; des manches courtes sortent les bras nus, d'une rondeur ferme, la peau épaisse, nourrie par un sang riche de campagnarde.

Le maintien embarrassé de Margot étonne le rêveur, qui compare aux visions anémiées de sa nuit cette superbe réalité s'offrant à lui, et, reniant les amourettes d'autrefois, ces sentimentalités d'antan, il remercie tout bas le hasard de l'aubaine qui se présente au voyageur...

Une heure après, lorsque redevenu seul, il sortit de son grand lit d'où s'exhalait une pénétrante et savoureuse *odor di femina*, il vit sur sa table le livre qu'il avait apporté la veille ouvert à cet endroit :

« Nous ne pouvons naturellement énumérer aussi exactement les considérations inconscientes auxquelles s'attache l'inclination des femmes. Voici ce qu'on peut affirmer d'une manière générale. C'est l'âge de trente et trente-cinq ans qu'elles préfèrent à tout autre âge, même à celui des jeunes gens qui, pourtant, représentent la fleur de la beauté masculine. La cause en est qu'elles sont dirigées non par le goût, mais par l'instinct, qui reconnaît dans ces années l'apogée de la force génératrice. En général, elles considèrent fort peu la beauté, surtout celle du visage ; c'est surtout la force et le courage de l'homme qui gagnent leur cœur, car ces qualités promettent une génération de robustes enfants. »

Et le voyageur, se remémorant aussi à quelle séduction de nature vraie et forte il avait obéi un instant auparavant, s'écria joyeusement en se frottant les mains :

— Bravo ! Schopenhauer, et vive Margot !

SOUVENANCES

SOUVENANCES

A René Maizeroy.

I

Après un long temps, il est retourné au *Pavillon*, et l'aubergiste lui a donné la même chambre qu'autrefois, celle du second étage, dont la fenêtre ouvre sur l'étroit verger au milieu duquel, à l'ombrage des pommiers bas, est le puits avec sa margelle de pierres tout effritées et ses chaînes brûlées par la rouille; il a retrouvé semblable et intact le décor dont il avait gardé la vision dans son souvenir, les mêmes portes de bois blanc couvertes de fantaisies à l'huile, de pochades d'artistes, et sur la muraille de la petite pièce du fond, les éclaboussures de sang tachant le papier à fleurs, décollé par places.

C'était dans cet étroit réduit, quand il vint jadis à Cernay, qu'avait été installé un chenil, des bottes de paille étendues sur le carrelage, et, dans un coin, les écuelles pour la pâtée; *Dora* et *Niniche*, la première blanche, l'autre noire, deux chiennes caniches aux noms d'actualité, vivaient là en fort bonne intelligence avec *Carpalim*, un matou échappé des œuvres de François Rabelais, société à quatre pattes, très remuante et très gaie, qui tenait compagnie au maître, alité souffrant, tandis qu'empressée aux soins de garde-malade, circulait d'une pièce à l'autre du logis d'auberge, une gentille fée parisienne au profil atténué de juive sous ses fins cheveux blonds tombant en boucles.

Pour quelques semaines d'été, on avait là, entre artistes, fait une installation sommaire, comme un campement, qui se trouvait prolongé, pendant les mois tristes d'automne, à cause de la présence inopportune de seigneur Rhumatisme, venu sans qu'on l'invite; on couchait au *Pavillon*, une dépendance éloignée sise en une ruelle, et les repas, annoncés par les tintements d'une cloche, se prenaient au *Rendez-vous des peintres*, sur la grande place du village; le couvert était mis dans une salle aux murs ornés de panneaux peints, d'une diversité pittoresque, des fleurs de Leclaire touchant des moutons de Ceramano, un paysage de Pelouse voisin d'une charge de Jules Garnier, et çà et là, des Jules Breton, des Raffaelli, des Defaux, des Cormon, des Collin, des Maignan.

Décembre : la campagne est couverte de neige, la nappe blanche de la plaine tachée par des vols noirs de corbeaux, le village est muet, les carriers déjà couchés, nul pas faisant craquer la glace durcie des chemins ; au clocher tintent lentement neuf coups qui se perdent dans la nuit.

Il est revenu de l'auberge où il a dîné seul, servi par des inconnus qui sont les successeurs de la « mère Léopold » d'antan, et dans sa chambre où pour le griffonnage quotidien il s'installe à sa table, voilà qu'il subit la hantise des souvenances, de toutes les folles aventures d'autrefois, tandis que par la porte restée ouverte de l'ancien chenil, il voit sur le mur des taches de sang qui rougeoient.

On avait ce jour-là, malgré la pluie, projeté une promenade aux environs ; avec Respha on s'en était allé, à travers bois, par des raidillons glissants, jusqu'aux Cascades, et de là, en longeant le ruisselet écumeux qui serpente au milieu des roches, on avait gagné la maisonnette du bord de l'étang où du mauvais rhum, servi dans de grossiers gobelets de verre, avait été bu, en rasade, rubis sur l'ongle ; puis, très animés, on s'en revint, en chantant, n'importe quoi, même des psaumes, par la grande route dont le ruban s'effaçait dans les premières ombres de nuit.

Le souper fut très gai, la griserie des vins s'ajoutant à celle du grand air ; à huit heures, dans la petite salle enfumée, des propos incohérents s'échangeaient, en un décousu de conversation bizarre.

— Petite Respha, vint dire la mère Léolpold, je sors du pavillon, et vous savez, Niniche a huit chiens : vous l'avez entendue crier ce matin, c'était pour ça...

Quelques instants après, nos deux compagnons bien bordés dans leur lit, leur esprit battant la campagne en un délire d'ivresse, nous nous trouvions, la petite fée parisienne et moi, dans le chenil.

Sur la paille, Niniche, au repos, les pattes repliées sur une masse grouillante et informe d'où s'échappaient des vagissements, considérait craintive sa maîtresse dont les yeux, vagues et comme agrandis, éclairaient de façon étrange le visage empourpré.

« Ils sont gentils, tes petits chiens, mais il faut les tuer, ma pauvre Niniche. » et, sous le regard de la mère, sans que la bonne bête bougeât seulement, elle les tira les uns après les autres tous les huit, et leur fracassant la tête contre le mur, les jeta dans un seau qu'elle descendit une fois plein; tout en accomplissant cette funèbre et cruelle besogne, Respha prise par sa sensibilité de femme, pleurait, émue, de grosses larmes lui coulant sous les cils, et murmurait entre des sanglots :

« Pauvre mère ! pauvre mère ! » c'était un curieux spectacle que ce gentil bourreau inconscient, chez lequel un sentiment de maternité s'éveillait ainsi par une sympathie bien naturelle.

Le lendemain, Niniche avait encore mis bas un autre chien, qu'on lui laissa, et que je vis grandir et trottiner ; quant à la scène de la veille, personne que moi ne s'en souvenait, et si les taches de sang n'étaient restées marquées sur le papier de la muraille, près de la fenêtre, on n'eut jamais voulu croire à mon récit.

« Où est Jehanne, la bonne lorraine ? » comme chante avec mélancolie le grand poète Villon, où est Respha ? où sont-ils tous, les amis d'alors ?

Dispersés çà et là, d'aucuns morts, d'autres au loin, et dans la chambre du Pavillon la remémorance est triste qui reporte à ces jours en arrière ; cette solitude en l'auberge du village n'est-elle pas l'image de la solitude même de la vie sur cette terre, la grande auberge du bon Dieu, où l'on passe heureux ou misérable, mais où l'on ne revient pas !

II

u-dessus du petit bourg de Chevreuse sont, au sommet d'un monticule agreste et sauvage, les ruines pittoresques de la Magdeleine ; de loin, sur la route, on aperçoit, comme sur le fond tourmenté d'un paysage de Gustave Doré, ce château fort, démantelé, avec ses murailles qui s'écroulent, son donjon dont les pierres moussues dévalent parmi les ronces et les lierres ; seule, la demeure du gardien met dans cette désolation une note vivante, les petites fenêtres apparaissant garnies de persiennes blanches, avec, à l'intérieur, des rideaux de mousseline visibles dans la transparence des carreaux. Par un escalier aux marches usées, on parvient à la petite porte de bois de la Poterne, et, quand elle a tourné sur ses gonds mordus par la rouille, on arrive alors au château proprement dit, on se trouve dans la cour, aujourd'hui simple enclos qui semble un parterre avec son tapis de gazon, et çà et là des massifs d'arbustes.

Dans celle des deux tours qui subsiste, (l'autre complètement éboulée n'a plus que sur un côté son corset massif de moellons), on monte par un colimaçon étroit aux parois duquel une corde vacillante sert de rampe : à chaque étage on retrouve les pièces d'antan avec au centre le pilier de voûte, et l'envie vous prend, sans restaurer toutefois la demeure, de s'y installer pour une saison, en ce calme des ruines dominant toute l'étendue de la vallée.

Mieux qu'au *Rendez-vous des peintres*, on serait certes là, seul, bien seul, jouissant d'un repos absolu, d'une quiétude complète. Et cette idée qu'il a eue jadis lui revient maintenant obsessionnante, au souvenir d'une promenade qu'il a faite avec ses amis d'antan.

Ce jour-là, en décembre, Respha était vêtue d'un long manteau de velours noir garni de fourrures : sous son toquet, ses cheveux blonds noués à la nuque par un ruban rouge, tombaient sur son dos en gerbe pâle, et toute sa mignarde personne était ainsi une ravissante chose, joliette et gracieuse, dans ce fourreau d'une sombreur douce qui cachait sa robe bleue à lisière d'or.

On avait laissé la voiture en bas, au village, et par un sentier escarpé que les pluies des journées précédentes avaient rendu dangereusement glissant, on était monté en se hissant jusqu'aux ruines; la jeune femme, une enfant très gaie de vingt-deux ans à peine, s'amusait aux péripéties de l'excursion, riant des chutes et des culbutes, joliment moqueuse pour ses compagnons de route ; dédaigneux de la large route usuelle, on avait voulu quand même arriver par ce raidillon suivi des chèvres seules, et elle était charmante, la petite juive, quand, essoufflée, elle s'adossait à un talus pour reprendre haleine, et pour se jouer des amis, les genoux et les mains maculés de boue, les visages écorchés par les brindilles des ramures qui cinglent.

Lorsque la vieille femme du gardien de la Magdeleine eut donné le lourd trousseau de clefs du donjon, on s'en alla visiter la grosse tour.

Sur la plate-forme du sommet, sans cependant trop s'approcher du bord dont les démantelures traîtresses disparaissent sous les feuillages, on s'arrêta un instant pour jouir de la vue, à considérer le paysage embrumé par ce jour d'hiver. Respha s'était assise, son manteau de velours enroulé autour de ses jambes, les pieds fins sortant sous l'ourlet de la jupe ; dans les frissons de ses cheveux la brise se jouait follement, éparpillant sur le front au-dessus des yeux de pervenche, les fines mèches en révolte.

Pour obéir à son caprice de jolie femme, son com gnon d'alors se rappelle avoir sur un morceau de pierre prise au parapet écrit quelques rimes, une strophe d'amour, de pauvres vers d'écolier timide, qu'avec un canif il traça lentement : puis, quand il eut terminé, l'enfant coquette lut rapidement, rougissante, et dans les fossés du château lança la tablette qui se brisa au profond des douves desséchées.....

Malgré l'hiver et malgré la nature dénudée, elle avait voulu, à son corsage, des fleurs, et pour le poète ç'avait été une peine affreuse, le jardin désert de l'auberge, où il avait en vain, après le déjeuner, scruté les massifs de rosiers de Noël, les tapis de violettes et de pensées; heureusement, en l'enclos du donjon, quand on fut redescendu, il découvrit au long des vieilles murailles de pauvres graminées frisonnantes d'une jolie teinte mauve ; il en fit aussitôt une moisson hélas! peu abondante, et l'apporta à l'enfant blonde; en sa petite main gantée de Suède, les corolles pâles, qu'il avait agrémentées d'une branche de lierre arrachée aux ruines, composaient un bouquet discret et charmant ; et il lui semblait qu'en le tenant ainsi, elle portait avec elle quelque chose de lui, comme son cœur de rêveur amoureux enfermé au calice de ces fleurs fraîches écloses sous la neige.

La souvenance lui est encore aujourd'hui si précise de la promenade qu'il n'a pas besoin de lever les yeux pour regarder, au dessus de son bureau, l'aquarelle qu'il a fait faire de cette vision charmeresse, l'élégante et fine parisienne apparaissant plus mignonne encore, dans le cadre imposant et dévasté de ce bourg du moyen âge.

Les ruines, immuables, sont toujours là, et il n'a pu résister au désir de les revoir, de repasser par les mêmes sentiers qu'il avait suivis avec elle ; le site n'a pas changé, le gardien est mort, sa femme aussi, la vieille paysanne qui leur avait montré, ce jour-là, sous la gravure d'un tableau de Géricault, une ancienne épinette aux sons adoucis par le temps, la Magdeleine est toujours là, et l'apercevant de la route, il y est monté.

Respha, la gente Juive aux cheveux blonds, a disparu, où ? dans la vie ou dans la mort ! qu'est-elle devenue ? que sont devenues les fleurs cueillies pour elle, et que par amabilité, ou bien par politesse, elle avait mises et portées tout le jour à son corsage jusqu'au soir ?

La nature seule, clémente, n'a délaissé ni trahi le poète solitaire, et a gardé les aspects d'autrefois pour qu'y refleurissent les souvenances.

III

C'est, dans un fond de vallon, qu'égaient des étangs et des rivières; la route descend brusquement, et, après avoir passé sous deux portes datant du moyen âge, et qui sans nul doute devaient faire partie jadis de l'enceinte fortifiée de l'abbaye, continue entre deux grilles qui permettent la vue complète du château habité par les Rothschild ainsi que des ruines curieuses de l'ancienne chapelle : à ciel ouvert, les murailles couvertes des rameaux d'un lierre géant, la façade trouée par une rosace aux nervures délicates et fines, à travers laquelle, maintenant que les vitraux ont été enlevés ou détruits, on aperçoit les lointains ravissants du parc, avec, çà et là, tachant de leurs amas de pierres moussues les pelouses gazonnées, des vestiges du cloître, l'entrée de l'ancien préau, et à côté un puits aux ferrures rouillées.

Le château est une construction vaste et régulière, composée d'un seul corps de bâtiment soutenu par des contreforts datant de la fin du seizième siècle ; cette demeure aurait la tristesse du couvent qu'elle a remplacé si les alentours ne présentaient tant d'attraits :

entre les collines couvertes de bois touffus serpente un ruisselet qui, par endroits, se heurte à des petits barrages et qui, plus loin, confond ses eaux avec celles d'un immense étang dont les bords s'estompent sous un rideau de roseaux et de saules. A travers des claies noircies par l'humidité, le ruisselet se reforme et court parmi les fougères et les joncs, pareil à un torrent en miniature : de loin, il disparaît et semble s'enfoncer en terre; on le croirait perdu, si tout à coup, par des échappées soudaines, on ne revoyait parmi les rochers l'écume blanche de ses flots qui se pressent et se culbutent : le site a du reste été habilement dépeint par le comte de Nion dans ces quelques vers :

Le vallon sombre est plein d'une nuit parfumée,
Les arbres inclinés croisent leurs longs rameaux,
Tout s'apaise, un grand calme étreint l'ombre charmée,
La nature s'endort au bruit chanteur des eaux.
Sous bois, un marbre blanc dans sa pose éveillée
Écoute. Le silence est plein de bruits discrets,
Partout des pas furtifs éveillent la feuillée,
Inquiets et pressés qui viennent des forêts.
On entend de ces pieds légers comme des ailes
Courir, faisant frémir les échos des bois sourds,
Un chevreuil frissonnant, aux doux yeux de gazelle
Plonge dans l'étang noir ses naseaux de velours.

On avait ce jour-là, malgré le temps menaçant, attelé *Tonkin*, une bonne bête achetée d'occasion, par hasard, et avec le dog-cart, on s'en était allé, plus loin que l'abbaye des Vaux de Cernay, faire une grande promenade à l'aventure jusque par delà la ligne du chemin de fer de Rambouillet.

Comme on revenait, après s'être arrêté dans un cabaret de la grande route, un misérable « bouchon » où des braconniers avaient offert des pièces de gibier prises au collet, le ciel, lourd de nuages sombres, creva tout à coup, la pluie tomba furieusement, tant et tant, que laissant conduire le cheval à un ami complaisant, Respha vint avec son compagnon habituel s'asseoir au derrière de la voiture, tournant ainsi le dos à l'averse ruisselante. L'enfant, imprudente, avait mis son grand manteau de velours, et sur sa mignonne tête un coquet chapeau garni de plumes de faisan; il fallut tout d'abord, retourner le manteau, la doublure de soie cerise faisant alors à la gentillette poupée un curieux costume éclatant, puis mettre le chapeau dans le coffre de la voiture et avec une couverture aux dessins de peau de tigre, le poète se souvient avoir fait à Respha comme une cape la garantissant tout à fait, qui lui rappelait, à Venise, ces châles gris dont les femmes de la place Saint-Marc s'enveloppent pour sortir à la brume.

Malgré les soins de son compagnon la tenant tout contre lui, roulée dans des couvertures, l'enfant commençait à avoir froid sous l'orage implacable ; devant une grange où des paysans battaient le blé à grands coups de fléaux, on arrêta : il descendit avec Respha, et retirant de dessous son grand paletot de voyage, son veston sanglé à la taille, il le fit revêtir, non sans refus embarrassé, à la jeune femme se défendant; à l'abri des regards villageois, derrière des bottes de paille amoncelées, elle ôta son manteau de velours, puis sa matinée bleu de ciel aux fanfreluches de dentelles ; il la força à prendre son vêtement qu'elle mit précipitamment, mais non sans qu'il vit la gracilité tendrement rosée des bras nus, et dans l'entrebâillement de la guimpe indiscrète l'éclair troublant des seins neigeux !...

La nuit était venue, et seules, les deux lanternes allumées du dog-cart trouaient l'ombre de la campagne abandonnée et déserte, le cheval, fouetté par la pluie, galopait maintenant, pressé du retour à l'écurie, et la voiture légère sautait aux ravines des routes tandis que, assis à côté de Respha, la serrant de ses deux bras passés autour de sa taille et par-dessus la couverture, l'enveloppant complètement, le poète ému, soutenait l'enfant avec tendresse.

« Je suis gaie, chantez-moi quelque chose... chantez-moi des chansons d'amour. »

D'une voix douce, cette demande était faite gentiment avec des inclinaisons gracieuses de tête, les boucles blondes frôlant le visage du pauvre garçon, souffrant et heureux tout à la fois, et lui, obéissant, se mit à fredonner des paroles tendres d'amoureusetés sentimentales. Ils chantaient à deux voix, Respha suivant tant bien que mal ses intonations et ses paroles, et peu à peu, prise d'une ivresse inconsciente, se serrant tout contre lui, frissonnante, appuyant sa tête à la sienne et lui offrant, comme une fleur à cueillir, sa bouche à baiser.

Il a gardé cette souvenance ; l'enfant, lorsqu'on fut de

retour à l'auberge de Cernay, avait déjà tout oublié ! Elle ne s'est jamais rappelé !

— Lui, avec une bande folle d'artistes, il est allé au *Rendez-vous des peintres*. Un gai compagnon a ouvert le piano, et dans un accès de mélancolie doucereuse comme il s'en trouve souventes fois après un repas joyeux, il a chanté, en s'accompagnant, la romance de Lalla-Rouk :

> ... O fleurs qui parfumez la plaine,
> Pour embaumer les airs ainsi,
> Ne gardez-vous pas son haleine ?
> Ma maîtresse est venue ici.

et à chaque couplet, changeant ce mot, brutal et mensonger d'ailleurs de « maîtresse », le poète écoutait ses joies du passé qui venaient ainsi fortuitement lui reparler à l'oreille :

> Oiseaux, vous avez dû l'entendre,
> Car, dans vos concerts amoureux
> Je retrouve sa voix si tendre,
> J'entends ses accents langoureux !

IV

On avait, ce soir-là, dîné chez la mère Jules, une paysanne demeurant en face du « Pavillon », et par suite utilisée de temps à autre comme femme de ménage ; de l'hôtel il avait été apporté du champagne pour fêter le réveillon au retour de la messe de minuit ; en la petite pièce du bas où sur un poêle de fonte réchauffaient les plats, les couverts avaient été mis très à l'étroit, sur une table près de la fenêtre, et cette installation rustique, peu confortable mais pittoresque, ne laissait pas d'avoir un agrément tout spécial ; la fillette de la bonne femme, gamine de deux ou trois ans, trottinait entre les chaises, les mains embarrassées des joujoux apportés de Paris par les artistes.

Après le repas copieux et les rasades multiples, comment l'idée vint-elle d'expériences de magnétisme ? je ne sais plus ; un regard à la dérobée, un mot lancé par hasard, une historiette racontée en passant dans la conversation, n'importe !

« Quelle étrange fixité vous avez dans les yeux ! Vous me forcez à tourner la tête de votre côté malgré moi. »

Respha venait de prononcer ces quelques mots, et aussitôt, se rapprochant de la jeune femme, son compagnon lui demandait d'abandonner ses mains, il lui serrait les deux pouces entre ses doigts et, avec une volonté intense, tout son pouvoir concentré dans sa prunelle, il lui plongeait ses yeux dans les siens, inexorablement. Peu à peu, la tête blonde se renversait avec lenteur, sous une lassitude physique, les paupières se baissaient par saccades brusques suivies bientôt d'une occlusion absolue, et, devant les convives silencieux et étonnés, les paysans en proie même à une certaine frayeur, la magnétisée — le sujet — restait complètement immobile, endormie.

Elle était délicieuse ainsi, en sa pose de statue, le visage en arrière noyé dans les boucles d'or éparses, et en sa face blême la blessure saignante des lèvres de pourpre, entr'ouvertes faiblement; parmi les dentelles et les mousselines du corsage, le col s'enfoncait avec les blancheurs exquises de chair douce et jeune, la peau d'une matité d'opale tendue par la contraction des muscles; appuyée au dossier de la chaise, l'oreille mignonne splendissait au milieu des mèches blondes indomptées ; les bras, abandonnés, tombaient, les mains maigres aux doigts fins posées à plat sur la robe. « La dame, elle est malade ! » criait la fillette apeurée tandis que Respha demeurait ainsi paralysée par la volonté de son compagnon.

Lui, bien que très ému, poursuivit l'expérience jusqu'au bout, faisant lire une correspondance envoyée la veille de Paris et pas encore arrivée à Cernay, contraignant son « sujet » à se lever, à marcher, à lui obéir en tous points.

Trois heures du matin : une rafale épouvantable secouait et tordait les arbres du jardin, faisant claquer les volets, grincer les girouettes, virevolter les enseignes aux peintures écaillées ; la pluie fouettait violemment contre les vitres, et dans les flaques de boue du chemin les gouttes larges et lourdes, tombaient éclaboussantes, à la lueur atténuée par les rideaux, des chambres du « Pavillon » où nous logions un ami et moi, par celles aussi de la maison en face, chez la mère Jules, où Respha était, pour cette nuit-là, restée coucher.

La fenêtre grande ouverte, les persiennes attachées

solidement, lui alors, grisé par toute cette soirée, subissant la hantise charmante de la jeune femme toujours devant ses yeux, renversée et immobile, s'est mis, tête nue, l'averse douce et bonne à son front brûlant, à faire sur la chambre de Respha, encore éclairée devant lui, des gestes d'invocation, des mouvements d'attirance avec les mains, jusqu'à des appellations à mi-voix, des cris étouffés de désir : « Respha ! Respha ! »

Toute sa puissance nerveuse épuisée, les paupières fatiguées et battantes, son être comme exsangue, il s'entête cependant dans sa volonté de dominateur, et, dans la nuit, à travers la rafale, accompagne ses gestes bizarres de nécromancien du même appel sans cesse répété : « Respha ! Respha ! »

La porte s'ouvre, avec une démarche d'automate, la jeune femme traverse la ruelle, entre au « Pavillon », monte l'escalier, pénètre dans la chambre, et mue par une force irrésistible, arrive jusqu'à l'amoureux, ignoré, qui se trouble alors et n'ose. Elle se veut donner inconsciente, et il ne la prend pas, curieux qu'il est seulement de l'expérience ainsi tentée et réussie, il ouvre ses bras pour l'attirer et la tenir contre sa poitrine, il embrasse ardemment sa chevelure dénouée, il s'affole de la contempler si près de lui, et endormie ayant la rigidité d'une morte, il pose chastement, comme un murmure d'adieu, un baiser sur son front.

Le jeu a trop duré, et la raison commande : il renvoie la blonde apparition troublante, il la regarde s'éloigner lentement, avec dans son allure, une hésitation qui semble un regret. la suit pas à pas à travers les escaliers et les corridors, dans la crainte d'un réveil inattendu et fortuit et la reconduit ainsi jusqu'à la porte même de sa chambre, où d'un coup, brusquement, mais pas tellement vite toutefois qu'il n'ait le temps de se dissimuler il l'a fait se réveiller, il la rend à la vie normale.

Le lendemain, une lassitude étrange qu'elle attribuait aux endormements de la soirée, lui restait seule, rappelant les expériences de la veille; de celles de la nuit, elle n'avait aucune souvenance: lui n'en a jamais parlé, gardant au fond de son cœur cette illusion charmante qu'il s'était offerte ainsi de Respha venant à lui, le bonheur factice qu'il s'était créé de cette nuit d'amour sans amour, de ce moment d'ivresse égoïste et absurde.

De même qu'il a pu faire venir à lui la blonde et charmante enfant, de même maintenant il évoque, en un rappel incessant, ces amoureusetés sentimentales de jadis.

Pourquoi n'a-t-il pas appelé ces griffonnages du nom de « Tristia », n'est-ce pas une très mélancolique impression que toute cette historiette d'antan, cette idylle inachevée dont un vague et doux parfum s'exhale encore ainsi que d'un très ancien bouquet fané ?

TABLE

Dédicace 1

I. — Impressions de voyage 12

II. — Le Chevrier 21

III. — Jour de bonheur 27

IV. — En 1870 33

V. — Histoire d'un moineau 41

VI. — Mémoires d'un enfant 55

VII. — Un vieux château 63

VIII. — Journal d'une mère 69

IX. — La mort de Pierrot 77

X. — En plein champ 83

XI. — Ce que je vous aurais écrit dans vingt ans 89

XII. — Margot 97

XIII. — Souvenances 109

CORBEIL. — IMPRIMERIE CRÉTÉ DE L'ARBRE

www.ingramcontent.com/pod-product-compliance
Ingram Content Group UK Ltd.
Pitfield, Milton Keynes, MK11 3LW, UK
UKHW031858260826
14628UKWH00002B/840

9 782019 925727